# 인내심忍耐心

효암曉岩 김영태金永泰 시문선詩文選

어문학사

# 인내심
## 忍耐心

효암曉岩 김영태金永泰 시집

# 목차

## 건강과 복지

# 인생만상人生萬想

# 챔피언이 되고 싶은가?

챔피언이 되고 싶어요?
해 보고 싶은 놀이에서.
나도 멋진 챔피언이 될 게.
당신도 챔피언이 되도록 도울 게.

분쟁은 어디서나 일어나지.
데모로 한창인데
아무 데도 가지 않기로 했으니,
언제쯤 여행을 가 재미를 볼까?

챔피언이 되고 싶어요?
협상의 선수가 되고 싶어요?
무역 전쟁이나 핵 협상에서?
홍콩의 복면 금지령에서?

제4차 산업혁명 시대에,
챔피언이 모여 낙원 만들자.

# 생生

그대를 나은 것은 정말로 축복할 일인가?
그럼 축복할 일이지. 칠천오백만 정자精子의
경쟁에서 건강한 난자卵子가 그대만 선택했으니.
세계보건기구WHO가 그렇게 보고했다.

산성 액체로 그대를 빼고 모두 씻어내어 버려서,
그대를 키우려고 유전자가 활동하게 되었다.
그러니, 그대는 이 선택을 자랑해야 한다.
그건 바로 생물 창조에서 적자생존의 원칙이니까,

생물의 끊임없는 증식에 참여하는 생식세포는
좋은 궁합을 찾아 애쓰는 정자와 난자이다.
이게 모두 쓰레기가 되어서야 좋겠는가?
팔자로 받아들이고 태어날 때 결점을 탓하지 말라.

생물의 증식 경쟁 속에 그대가 선택됨을 축복받아라.
온 누리에 보탬이 되는 일생을 보내도록 해라.

# 노老

나이 들기를 바라는가?

어린이는 "예, 그럼요." 할 것이다.

어른들은 나이 먹기 싫어한다.

어른들은 멋지게 살고 싶어 애가 탄다.


특수한 생물이 영생하지만,

보통은 모두 죽게 되어 있다.

사람들도 심신의 변화가

쌓이면 결국 늙어가게 된다.


노화 현상은 지연시킬 수도 있겠지.

그렇다고 나이가 들수록 지혜가 많아지는 것은 아니지.

리버먼이라는 사람은 102세에도 재기할 구실을 찾는다.

이 화가는 일흔이 넘어서야 화가로 성공했거든.


괴테Goethe는 여든두 살에 걸작 "파우스트"를 썼다. 그런데,

어찌 어르신들이 세계평화가 만발하는 낙원을 만들지 못할까?

# 병病

오만 가지 병에 걸리지 않을 것이라 생각하는가?

그렇다면, 당신은 비정상이고 얼마 안 가 불편해진다.

아쉽게도 나는 평생을 종합 병원 신세로 지냈으나,

아플 때마다 아직 살아있음을 깨닫게 된다.


다 자란 인간은 30~37조의 세포를 몸에 지니고 있다.

우리 몸 속에서 이들이 다 번창하도록 만들 재주가 있는가?

세포는 바이러스 공격이나 악성 증식으로 병이 들게 된다.

그래서 우리가 병을 발견하려면 정기 검진을 해야 한다.


척추 교정과 고관절 교체수술을 받은 나는 날마다

눈알을 굴리는 운동을 해서 백내장 수술을 늦추었다.

천식을 앓고 있었는데, 흡입약을 처방해 탈이 없어졌다.

내 주치의는 고혈압 치료에도 많은 조언을 해준다.


날마다 한 시간을 운동하고 세끼를 채식을 하면서,

많은 분이 도우셔서 주마다 시와 소설을 쓰고 있다.

# 사死

잔악한 죽음을 맞기가 두려운가? 빈 손으로
왔는데, 재산 모두 버리고 빈손으로 가야지.
아무도 나이 들거나, 굶어서, 병들어, 사고로
죽임을 당하는 것을 피할 수는 없거든.

모두들 없는 곳에서 태어나 살고 있지.
모두들 무언가 되어 보겠다고 커왔지.
모두들 알지 못하는 곳으로 떠나게 되지.
모두들 어디선가 다시 태어나게 되거든.

내세에서 지낼 차비도 하지 않고 죽거나,
이승에서 지은 죄에 대한 심판을 받으면서,
아득한 림보 대기소에서 잘못한 일을 깨끗이
씻어내야 한다. 불타는 지옥에서 고문을 안 받으려면.

단단히 마음먹고 모든 것을 헌납하며 120세까지 살자.
많은 분들이 찾아와서 감사하고 칭찬하는 가운데.

# 따뜻한 손으로 고통을 달랜다


외과 수술을 받고,
전신마취에서 깨어나니,
내 사랑의 따뜻한 손길이
고통을 달래며 쓰다듬는다.

비틀비틀 걷기 시작하는데,
손녀가 따뜻한 손으로
넘어지지 않게 쇠약한 몸을
잡아 주니, 그 정성이 고맙다.

아픈 사람에게 손을 뻗쳐서,
환자의 쇠잔해져 가는 몸에
내가 지닌 기운을 넣어 주면,
그 환자가 회복하는 일도 있었다.

누구나 남을 도울 따뜻한 손이 있기에
그 손을 서로 돕는 일에 쓰도록 하자.

# 호기심

호기심이 없으면, 아무것도 이룰 수 없다.

"왜 오렌지는 노랗고 달콤하여 먹기 좋은가?"

어릴 때부터, 아기들은 무엇에나 질문을 한다.

"어디에 벗긴 과실 껍질을 버려야 합니까?"

크리스토퍼 콜럼버스Columbus가 서쪽으로 배를 띄워,

인도에 도착하는 대신 아메리카 대륙을 발견하게 되었다.

아이작 뉴턴Newton은 사과가 떨어지는 것을 보고,

떨어지게 하는 힘에 대하여 심사숙고하다가 중력을 발견했다.

어린 나이에 토머스 앨바 에디슨Edison은 거위가 알을 품고 앉은

것이 어떻게 되는지 알아보려고 소년도 알을 품었다.

프랭클린Franklin은 번개에서 전기를 모으려 연을 날렸다.

이처럼 호기심이 많은 사람들이 가장 뛰어난 발명가가 되었다.

호기심은 발견과 발명을 할 수 있는 멋있고 다정한 엄마가 된다.

호기심이 없어지면, 이 땅은 재미없고 진부한 별이 될 것이다.

2012년에 미국이 화성에 호기심Curiosity이라는 탐색선을

착륙시켜서 사람이 살 수 있는지 알아보고 있다.

# 시를 매일 읽고 한 주에 한 편 소네트을 쓴다

젊은 때에는 독서에 빠졌다.

탐정 소설을 즐기다가, 스릴과 공포로 가득한

이상한 괴담에 심신이 휘둘려

어쩔 줄 몰라 쩔쩔매었다.


셜록 홈즈Holmes와 루팡Lupin의 얘기에서,

위대한 작가가 만든 수수께끼에 대한

해답을 찾느라고 머리가 팽팽 돌았다.

거진 매일 밤, 자기도 모르게 밤을 새웠다.


팔십이 넘은 노인이 되어 깨닫게 되었다.

간결한 표현을 하는 시詩의 아름다움을.

줄마다 듣기 좋은 아름다운 단어를 써서.

시는 갈고닦은 표현으로 나를 유혹한다.


다시 한번 아름다운 시를 읽기 시작했다.

한국 시, 일본의 하이구俳句와 단가短歌,

중국 4행시, 영어의 소네트, 오드Ode, 발라드Ballad,

다양한 박자, 음률, 각운脚韻과 음절音節을 즐기면서.

매일 시를 읽으면 유쾌하고 감동하게 된다.

매주 지체 없이 소네트 한 편을 쓰려 애쓴다.

# 다 함께

다 함께 가자.
그대, 내 사랑아.

함께 달리니 신난다.
함께 고른 길 끝까지 달리니.

다 함께 달리자.
숨차 하는 사람을 도우면서.

이인삼각二人三脚으로 달리면
얼마나 보기 좋을까?

다 함께 힘을 모으자.
처지는 이 없도록 도와주면서.

우리가 자발적으로 한다는 것을
알게 되면 다들 좋아할 것이다.

# 나이를 일흔일곱에 고정합니다

나이를 일흔일곱에 고정하고 싶다.
일흔일곱보다 나이 들면 안 되겠기에.
일흔일곱에 행운의 일곱이 많아 좋다.
기쁠 희자를 초서로 쓰면 일흔일곱이 된다.

대학 때의 은사께서 일생에 소설 하나를
쓰라 하시고, 나의 원고를 받아 보셨다.
둘 다 몹쓸 병이 있었는데, 존경하는
교수님께서 십년 전에 돌아가셨다.

일흔일곱 살 때에 그 소설의 출판기념회를
클래식500에서 열어, 책을 나누어 드렸다.
이곳저곳을 여행하며 자료와 전설을 수집해서
옛날 옛적 동양의 영웅들을 다룬 소설이었다.

내 나이를 일흔일곱에 고정한 바람에,
이년 동안 그 소설을 영어로 다시 써서
미국에서 출판하게 되었다. 그 이전에
영시집英詩集 네 권을 출판한 일이 있었기에.

일흔일곱으로 나이를 동결하면, 자라는 청년들과
그나마 지니고 있는 지혜를 나누어 지낼 수 있어 좋다.

# 우리 아기들

우리 아기들아. 언제나 너희들을 귀여워한다.
우리 아기들아. 어디로부터 왔느냐?
우리 아기들아. 여기서 어디로 갈 것인가?
우리 아기들아. 우리가 돌보는 걸 피하지 말라.

이 땅에 번개가 번쩍이고, 귀가 멀 정도로
천둥이 으르렁 치는데, 모든 생물은
새로 생긴 무서운 환경에 견디려고
자기 몸을 변형하여 적응해야 한다.

그러니 서로 손가락질하지 말자, 우리 아기들아.
그러니 가장 가까이 있는 친구를 미워하지 말라.
이웃의 잘못을 용서해 주자, 아기들아.
네 친구가 하는 사과를 받아들이도록 하자.

왜 싸우는 거니? 우리 아기들의 대답이
옛날부터 서로 용서를 하지 못한 건 왜 그렇지?
누가 단짝이 된 친구를 해치지 않았나요?
어떻게 상처를 주는 이웃을 용서할 수 있습니까?

우리 주 예수 그리스도께서 베드로의 질문에

답하셨지요. 일흔일곱 번을 용서해 주라고.

# 창밖을 보니

우리 아파트의 창 너머로
서울 수도 지하철 궤도가 보인다.
고개 위에 걸친 고층 건물 사이로
동쪽에서 서쪽으로 뻗쳐 있다.

새벽부터 밤중까지 매일매일
지하철은 아홉 량이 정시에 달린다.
2~3분을 중간에 정거하면서.
어떤 손님도 왜 타는지 말이 없다.

어여쁜 아가씨가 스마트폰으로
정거장에서 기다리는 애인에게
도착시간을 알리고 있을지 모르지.
롯데월드에서 데이트하기로 했거든.

긴급 사태로 건장한 젊은이가
갑자기 중풍에 걸린 아버지를 뵈러
가는데, 전차가 느려서 시간을
대지 못할까 걱정하면서.

승객의 상태를 알지 못한 채로

서울 수도 지하철은 잠에 취해 돌아간다.

# 감사의 원래 의미

영어로 "감사하다Thank"는 tong (생각하다think)에서 왔다.
인도-유럽 어원으로 "나는 이 일을 생각하고 마음에 간직한다"
라는 의미였다. 한국인은 고맙다고 말하는데
원래 곰(신)이 해 주신다는 뜻이다.

일본인은 "아리가토"를 가장 많이 쓰는데,
아리(有, 있다) 가타이(難, 드물다)가 어원으로 드물고
귀하다는 뜻이다. 중국인은 셰셰謝謝로 감사를 표현하는데,
"셰"는 신의 선물이자 감사 또는 사과를 뜻한다.

러시아어의 "슈빠시보Spasibo"는 Spasi(지키다)와 bog(하느님).
스페인어나 이태리어의 그라시어스Gracias나 그라체Grazie는
라틴어의 "charizo(행복하게 만든다)"에서, 프랑스어의
"Merci"는 라틴어의 "merces(품삯)"가 그 어원이다.

어디를 가든 현지어로 감사하다고 말하자.
"뭘 괜찮아요"하고 사람들이 답하니 축복받게 된다.

## 경청하자

좋은 뜻으로 친구가 말을 할 때에는
귀를 기울여서 들어야 한다. 정신 차려서.
상대방 눈동자에 시선을 맞추면서.
함부로 상대방의 얘기를 막아서는 안 된다.

번개처럼 멋진 아이디어가 머리에 떠오르더라도,
친구의 말을 가로채서 아이디어를 말하려고 하지 말자.
상대방 얘기가 지루하더라도 입 다물고 있어야 한다.
안 그러면, 가장 친한 친구의 번쩍이는 생각을 박살 낼 수 있다.

종달새는 하늘 높이 날으며 즐겁게 지저귀고
보리는 푸른 밭에서 이삭의 머리를 숙이는데.
모두들 봄바람을 갑자기 막고 서지 않는다.
농부들에게 다가오는 풍년 소식을 속삭일 뿐.

아는 사람의 얘기에 귀를 기울여 듣도록 하자.
그러면 당신의 인내심에 감사할 것이다.

# 즐기자

지금 있는 그대로를 즐기자.
지금 하고 있는 일을 즐기자.
지금 살고 있는 곳을 즐기자.
지금 갖고 있는 대로 즐기자.

사랑하는 것을 즐기자.
함께 노래하는 것을 즐기자.
식사하는 것을 즐기자.
하느님께 기도하기를 즐기자.

지나간 일을 불평하지 말자.
다음에 일어날 일을 걱정 말자.
지금 최선을 다해 나가면,
세월이 모든 것을 해결해 준다.

주님께서는 일어날 일을 알고 계십니다.
틀림없이 어디로 가야 할지 가르쳐 주실 것이다.

# 너의 길을 개척하라

길을 걷다가 보면 고통이 심해질 수 있다.
살아가는 데에도 엄청난 짐을 질 수 있다.
짐을 벗어 던지고 쉽게 포기하지 말아야 한다.
힘이 들더라도 어떤 어려움도 풀어내야 한다.

새해가 다가오는데 귓가에 그럴듯한
말로 좋은 일이 일어날 것이라 속삭인다.
크리스마스트리를 장식하여 작은 전등에
불이 켜지면서 성탄절과 설날을 축하한다.

마지막에 지지 않게 될 방도를 강구하자.
크게 눈과 귀를 뜨고 아이디어를 개발하자.
겪고 있는 고통은 차차 없어질 것이다.
당하고 있는 어려움도 조만간 살아질 것이다.

해결 방법을 찾아 최선을 다하는 사람에게는
모두들 잘 되도록 도움을 주실 것이다.

# ABC부터

모든 걸 ABC부터 시작했다.

올 A를 받으려고.

A학점 위의 S학점

받기는 쉽지 않다.


처음으로 엘지 전자 평사원으로 입사해서

잘 한다는 것이 한국말, 일본말, 영어뿐이었다.

6년을 고등학교에서 영어를 가르쳤더니,

산업에 대한 지식이나 경험이 전혀 없었다.


이 년간 라디오와 선풍기 수출을 담당하다가,

엘지 화학으로 옮겨 삼 년간 원료 구매를 맡았다.

그러다가 또 삼 년을 연간 사업계획과 재무분석을 했다.

그 뒤 이년, 경리와 전산실 담당 관리자로 일했다.


새로운 일을 손 댈 때마다 ABC부터 배웠다.

어디서 일해도 ABC부터 가르쳐주는 동료가 많았다.

함께 일한 사람들은 모두 ABC를 해내도록 도움을 주었다.

무엇을 시작할 때마다, 많은 이가 와서 ABC부터 도왔다.

무역거래나 전자, 화학, 경리, 전산 모두가 서투른데,
전문용어, 기술용어, 사업 추진 방식을 익혀 나가야 했다.
직무마다 초보자에게 제공되는 교육훈련도 받지 못하고
일 처리에 필수가 되는 ABC부터 모두 배워야 했다.

다행히도 언제나 도움을 주시는 분이 여럿 있었다.
부모님이 돌보아 주셔서 건강하게 자랐고.
항상 하는 일을 보살피며 조언을 해 주시는 분이 많았다.
많은 분야의 전문가가 되면서 돈도 벌 수 있게 해 주셨다.

입사 십이 년에 상무 이사가 되었다.
재경담당 임원, 사업부장, 그룹 담당 임원으로,
구조개혁과 혁신을 추진하는데, 일본능률협회, 맥킨제이,
후지전기, EDS의 직원들이 많은 조언을 했다.

그러니, 젊은이여, 새로운 일을 맡아 겁내지 말라.
어려운 일을 해결할 멋진 아이디어가 없어도,
누군가가 고군분투하는 우리를 도우려 등장한다.
그렇게 되면 멋지게 혁신작업을 해낼 수 있게 되거든.

삼 분만 인터넷에서 찾으면, 잘 처리할 방법을 찾을 수 있다.

삼 개월만 검토하면 직원들이 해야 할 해법을 만들어 낼 수 있다.

삼 년을 학습하면 어떤 고비도 넘길 수 있는 일꾼이 된다.

삼십 년을 일하면, 열 가지가 넘는 분야에서 최고의 인물이 된다.


항상 몸을 낮추고 겸손하게 굴며 남의 가르침에 귀를 기울여라.

하늘은 이처럼 성실하게 배워 나가는 자를 축복하신다.

# 감사

다른 분이 기대 이상의 덕을 보여주면,
진심으로 감사드리는 것이 보통이다.
감사는 우러나는 감정을 터뜨리는 행동이다.
인간 관계가 좋아지라고 감사 말씀을 드린다.

종교계에서도 하느님께 감사드리라고 권한다.
우리의 존재와 생활이 있음을 감사드린다.
빙그레 웃으면서 가까이 오는 이들에게
다정한 태도를 보이라고 권고하고 계신다.

기독교인이나, 회교도, 불교도, 유대교인이
하느님께 드리는 감사 말씀은 기도에 항상 포함한다.
모든 서적과 가르침, 그리고 예부터 전해온 관습으로
회교도는 하루 다섯 번 알라에게 감사드린다.

중국인은 공자 말씀에 따라 올바르게 대할 방법에 익숙하다.
"다른 사람이 자기에게 해 주기 바라는 대로 남을 대하라
己所不欲勿施於人." "옳지 못한 것은 보지도 듣지도 말하지도
행하지도 말라 非禮勿視, 非禮勿聽, 非禮勿言, 非禮勿動."

셰셰謝謝라고 말만 하고 주는 것이 없는 공치사를 되풀이함은

중국인이 빈말보다 선물을 좋아하는 것을 모르기 때문.

# 번역

영어로 시를 쓰면서,
생각을 영어로 표현하려고 애썼다.
한국말로 다듬어 볼 생각은 없었다.
아무리 조잡한 표현이 되더라도.

역사 소설을 쓸 때에는
영어로 다시 쓸 생각은 없었다.
한국어판을 두 번 내고 나서
그 소설을 영어로 다시 쓸 생각을 하게 되었다.

다시 쓰는 수고를 덜고 시간을 줄이려고
인공지능 번역기를 써 보았는데,
아쉽게도 중단하고 말았다.
착오를 고치는 데 너무 시간이 걸려서.

인공지능 번역기나 로봇이 번역자가 되지 않게
아직은 사람의 힘이 낫다는 것을 알고 반가웠다.

# 어려운 시절을 보내며

어떻게 지내세요, 저기 가는 모두들.
혹서가 거의 마무리되고 있는데.
태풍이 농장과 마을과 항구를 엄습해서,
익은 과일 떨어뜨리고 올해 수확 망치고 있는데.

손해 보지 않겠다고 하늘에 구원을 청해야 할까?
살아남으려고 바닷속으로 몸을 던져야 할까?
우리의 분노를 알리려고 데모를 해야 할 것인가?
전대미문의 파멸을 피하려 숨어 있어야 할 건가?

폭우와 함께 눈물이 흐르고,
폭풍에 팔다리가 쑤시고 아픈데.
모두가 홍수 속을 기어 다니고 있다.
모두가 쉴 곳을 찾아 헤매고 있다.

정치인은 서로 싸우며 지내고 있다.
그러다가 다 함께 죽는다는 걸 모르고.

# 쌍무지개

맑은 하늘에 높이 뜬
쌍무지개에 반하여,
무지개가 솟아오르는
목장을 찾아다닌다.

1949년에 처음으로 쌍무지개를 보았다.
남한의 진주에서 차를 타고 가면서.
2013년에 독일 프랑크푸르트에서 또 보았다.
두 번 다 특별한 추억을 지니고 있다.

1949년의 무지개와 그 밖으로 걸린 쌍무지개로
위대한 정치가가 승천하셔서 온 겨레가 슬퍼했다.
밖에 걸린 무지개의 색은 첫 번째의 반대였다.
2013년의 쌍무지개 아래 우리 손녀가 하버드에 진학했다.

빨강, 주홍, 노랑, 초록, 파랑, 남색, 보라.
보라, 남색, 파랑, 초록, 노랑, 주홍, 빨강.
할인점에서 아이들이 무지개 연합을 만들어 보라고 꾀인다.
노아가 겪은 홍수는 다시는 없을 것이라는 약속을 기린다.

쌍무지개는 금이나 보석 같은 보물을 만들지 않고, 하늘과
모든 사람이 살고자 하는 이 세상살이에 걸친 다리가 된다.

# 복날

초복에서 중복과 말복에 이르기까지
2018년 삼복더위로 온 세상이 불탄다.
작열하는 대기를 가두어 더 가열하는
돔 때문에 세계 역사상 최고의 더위를 기록했다.

서양에서는 시리우스 늑대별이
밤에 뜨면 삼복이라 불렀다.
동양에서는 사람들이 삼계탕 같은
건강식품을 삼복에 즐긴다.

두 개의 고기압이 다가온다.
티베트에서 십오 킬로 고공으로,
태평양에서 오 킬로 고도로.
극동 지역을 뜨거운 가마솥으로 덮힌다.

이 지역을 두 겹 담요로 덮은 듯,
날마다 한결같이 기온이 높이 올라간다.
거의 섭씨 40도(화씨 104도)로
약한 자와 늙은이, 과로 노동자와 짐승을 죽이며.

열사병으로 인간의 소중한 내장이 상처를 받는다.

기후온난화로 바다 수면이 높이 솟는다.

1880년 이래 팔 인치가 높아져 도시를 삼킨다.

자주 산불이 나고 폭풍, 산사태, 홍수를 일으킨다.


무엇 때문에 그런 세계적 온난화나 혹독한 더위가 일어나나?

많은 사람들은 탄산가스 같은 온실 효과를 의심한다.

워싱턴 대학의 교수 이스터브룩Easterbrook 박사는 이를

지지하지 않는다. 일만 년 전에도 기온이 상승했었다 하면서.


누가 이 지구를 견딜 수 있는 찬 기온으로 식힐 것인가?

세계 과학자들이 두 번이나 인류에게 경종을 울려도,

지구 환경은 인간의 능력이 미치지 못할 만큼 달라지고 있다.

금세기 말까지 오억 사천만 년에 여섯 번째 멸종을 당한다.


누가 이 지구를 과열상태에서 구할까? 정치인? 과학자?

누가 엘 니뇨El Niño나 라 니냐La Niña에게 큰 소동 말라고

타이를 것인가? 누가 스웨덴과 캘리포니아의 산불을 끌까?

탄산가스를 줄이고 수소 연료를 쓰는 일부터 서둡시다.

# 졸업식

황홀한 햇빛이 학생들과 내빈을 감싼다.

변덕꾸러기 날씨가 빗방울을 드릴 것 같았다.

2018년 5월 23~24일에 캠브리지Cambridge에서

개최된 하버드 로스쿨Harvard Law School의 졸업식과

식전 기념행사에 참석했다. 한국에서 열네 시간이나

비행한 뒤, 뉴욕에서 네 시간 반을 차를 몰아 참석했다.


졸업식 전 기념행사는 오후 두 시 반에

지역사회 지도능력을 표창하는 추천사와

대학원장상 수여로 시작했다. 우리 손녀도

받았다. 학생 정신건강협회에 공헌한 일,

하버드 법률자문 연구 실적과

이민 및 난민 지원 등의 실적으로.


손님들, 친척들, 그리고 친구들이 호명된 수상자가

자리에서 일어날 때마다 우레 같은 갈채를 했다.

축하행사는 리셉션을 포함해서 여러 시간 계속되었다.

식전이 끝난 뒤에 우리는 하버드 로스쿨 학생들이

열심히 공부하던 도서관, 학생회관, 그리고 교실을

찾아가서 그곳의 조용하고 편안한 분위기를 즐겼다.

다음 날, 졸업식은 하버드 로스쿨 조찬으로 시작했다.
그 뒤, 대학원장이 삼백 주년 회관으로 졸업생들을 안내했다.
오전 11시 45분, 로스쿨의 법학석사LL.M., 법학박사S.J.D., 3년제
법률박사J.D. Juris Doctor 등의 학위 수여가 있었다. 대학교악단이
합창대와 함께 축가를 연주하는 속에, 새 일꾼들의 장래를 위한
축도와 축사가 있었다. 내빈들이 도시락을 드는 가운데.

J.D.학위를 받는 손녀

# 희열 喜悅

인생을 네 가지 감정으로 즐겨라.
희열, 분노, 슬픔, 쾌락의 네 가지.
도전하고 싶은 분야에 전력을
다하여 일하면 흐뭇함을 느낀다.

즐거워지려면 무언가를 창조해라.
지혜와 미적 감각을 동원하면서.
하느님이 만사에 사랑을 말씀하시듯
세련된 말로 생각을 표현해 보아라.

인공지능, 가상현실, 로봇공학을 써서
작곡도 해보고 그림도 많이 그려보자.
스포츠나 운동에서 전력을 다해보자.
세계적인 대회에서 메달을 따려고.

황홀한 기분으로 계속 성공을 빌자.
생판 모르는 사람에게 지지 말고.

# 윤리

윤리의 올바른 뜻을 알아야 한다.
도덕적인 원칙과 가치 체계이자 실체다.
개인만이 아니라 건전한 사회를 만들려
사람들의 결정과 생활에 영향을 끼친다.

윤리의 모든 개념은 종교, 문화, 철학,
전통이나 착하게 사는 방법을 통해 형성된다.
근간이 되는 것은 의무와 올바른 일로
인간으로서 무엇이 옳고 그르며, 괜찮고 미안한가.

비윤리적인 행동은 죄악, 범죄, 패륜 행위인데,
죄악은 종교나 도덕률을 어기는 범법이고,
범죄는 당국에서 처벌할 수 있는 불법 행위이며,
패륜 행위는 사회가 지키려는 가치를 훼손한다.

세월이 지나면서 윤리는 세상의 추세와 필요에 따라 변하니,
인공지능 혁명 시대에는 새로운 윤리를 마련해야 한다.
자동화 과정에서 로봇을 잘 쓰려면 좋은 기계가
인간을 해치지 못하게 신중하게 개발해야 한다.

이 세상의 성현들이 윤리에 대해 많은 해설을 했다.

스승님은 항상 제자들이 그 해설을 암송하라고 이른다.

공자님의 대학大學에 멋있는 구절이 많으며,

"십계명"[1] 에는 지켜야 할 일과 금지사항이 열거되어 있다.


신라가 7세기에 서로 싸우고 있는 왕국들을 통일하도록

원광법사가 "세속오계"[2] 를 만들었다.

신라의 화랑들이 부상을 입고도 이를 지켰다.

워낙 효과가 커 한국인들이 지금도 존중한다.


인간이 저지르는 위해나 자연의 재해가 늘고 있으니,

사람들이 돈 벌려고 자금과 수단을 법을 어기며 동원한다.

그런 짓을 못하게 막고, 이 세상 끝머리에 끔찍한 재난을

당치 않게, 만전의 준비 태세를 갖추도록 사람들을 가르치자.

1 "십계명" 천주교 십계(천주교 교리 제1권, 제28절)
   1. 하나이신 천주를 만유 위에 공경하여 높이고, (한 분이신 하느님을
      흠숭하여라.)
   2. 천주의 거룩하신 이름을 불러 헛맹세를 발하지 말고, (하느님의 이름을
      함부로 부르지 말아라.)
   3. 주일을 지키고, (주일을 거룩히 지내라.)
   4. 부모를 효도하여 공경하고, (부모에게 효도하여라.)
   5. 사람을 죽이지 말고, (사람을 죽이지 마라.)
   6. 사음을 행하지 말고, (간음하지 마라.)
   7. 도적질을 말고, (도둑질을 하지 마라.)
   8. 망령된 증참을 말고, (거짓 증언을 하지 마라.)
   9. 남이 아내를 원치 말고, (남의 아내를 탐내지 마라.)
   10. 남의 재물을 탐내지 말라. (남의 재물을 탐내지 마라.)

2 세속오계
   **事君以忠**(사군이충) : 충성으로써 임금을 섬긴다.
   **事親以孝**(사친이효) : 효도로써 어버이를 섬긴다.
   **交友以信**(교우이신) : 믿음으로써 벗을 사귄다.
   **臨戰無退**(임전무퇴) : 싸움에 임해서는 물러남이 없다.
   **殺生有擇**(살생유택) : 산 것을 죽임에는 가림이 있다.

# 정성

우리가 열심히 추구해야 할 다섯 가지 덕목가운데
정성이 제일 소중하다. 하느님을 믿고 의지하며
충성을 다해 나간다는 뜻이다. 다음으로
소중한 것이 사람에 도움을 성실하게 제공한다는 것.

중요한 국면에서 하느님은 업보와 인연으로 미리
정해진 길로 가라고 말씀하신다. 마치 필자가
육십 년 전에 내 짝을 만나게 된 것 같이.
기도를 하면 하느님께서 할 일이 무엇인지 알려주신다.

우리가 맡은 일을 해 나가면서 어려움을 겪을 때마다,
하느님께 달려가서 진지하게 그분의 가르침을 구한다.
하느님께서는 허덕이는 우리를 다정하게 받아 주신다.
마치 미로에서 길을 잃은 양을 구원해 주시듯이.

하느님께서 우리의 요청에 어떻게 답하시는지 알려고,
찬송가를 경건하게 부르며 주님께 빈다.
그런 뒤에 "신과 함께 하는 시간"을 읽고 깨닫는다.
신과 예수님과 성령께서 도움이 되는 의견을 주신다.

다행하게도 필자를 좋아하는 학자가 계신데,
후쿠오카福岡 대학교 교수로서 규슈九州에서의
바쁜 일정을 무릅쓰고 조스이-안如水庵이라는 제과점의
"쓰쿠시筑紫 찹쌀떡"을 사 주셨다.

조스이如水: 黑田 官兵衛는 평화주의자이며 인도주의자로
17세기 전국시대 일본의 난리를 끝내려고 애썼다.
조스이-안 주인은 조스이가 문화인임을 강조하여
달콤한 찹쌀떡을 사람들이 가장 많이 찾게 만들었다.

이 가게 주인은 쓰쿠시의 쌀로 달콤한 떡을 만들어
그 찹쌀 떡이 맛있어서 입안에 녹아 드는데,
부드럽고 향긋한 노란 콩가루 떡고물에 매화를 주제로
한 단가短歌가 적힌 포장이 운치韻致를 더한다.

심윤식 교수님이 우리를 돌봐 주셔서
훌륭한 학자의 정성을 마음껏 즐긴다.

# 사계절

추위와 살을 에는 눈보라가
폭풍설로 숨도 못 쉬게 하는데,
미끄러운 길을 달려가면서
봄이 멀지 않음을 느낀다.

매화 꽃봉우리가 살며시 고개를 든다.
따뜻하고 편안한 정원에서.
밭을 가꾸느라 열심히 일하면서
분홍빛 봄노래를 불러본다.

태양이 이 별을 새빨갛게 태운다.
전대 미문의 기록적인 폭염이
이번 여름에 생물을 못살게 군다.
살려 달라며 사람들은 주님을 찾는다.

모든 고난은 시간이 해결한다.
반갑게도 사계절이 있다. 가을 추수를
곧 거둘 것이고, 이를 추석에
조상에게 바치며 행복을 찾는다.

# 호야호야

한국인은 친구를 부를 때
이름 끝에 "야"를 붙인다.
어떤 여인의 이름 끝이 "호"
라서 "호야"가 된다.

학생 시절에 교실에서
친구를 "호야"로 반갑게 부르다가
엉겁결에 서둘다가
"호야호야"라 했다.

듣고 있던 사람들이 폭소했다.
일본말로 "호야호야"는
뜨끈뜨끈한 김이 무럭무럭 나는
만두를 연상하게 했기 때문이다.

이 여인은 최근에 별명을
"호야호야"로 쓰기로 했는데
스마트폰이 곧바로 익혀서
자동으로 서명 대신 띄운다.

사람들이 그녀의 "호야호야"
사인을 보면서 활짝 웃는 얼굴을
떠올리는데, 한 입에 가득한
만두를 생각하니 웃음이 터진다.

## 당신 먼저

엘리베이터를 탈 때마다
다른 사람에게 "먼저 타세요"
하며 양보하는데, 거절하는
이가 없고 웃음으로 화답한다.

스승께서 이르시기를 글을 쓸 때마다
상대가 고마워할 수 있도록 구상하라 하셨다.
"다정한 편지를 쓰려고 한다면,
상대방 처지에 서서 생각해야 한다" 하셨다.

무엇 때문에 이 세상이 메말라지는가?
누가 시켜서 자기부터 챙기게 되었나?
왜 다른 사람을 대할 때 냉정해지나?
심한 갈등을 없앨 길을 어디서 찾을까?

세계2차대전이 끝날 때, 쑥대밭이 되어버린
나라를 도운 큰 나라가 있어 의지가 되었는데.

# 운명

이 세상에 살아가거나 죽는 것은
하느님이 우리에게 주신 운명이다.
저 높은 하늘에서 주님께서 우리를
멋진 역사에 공헌하라고 일러 주신다.

미투Me-too니 당신과 함께 하며
격류가 휩쓸면서 모두 망가뜨린다.
선량들이 연단에서 잔뜩 멋 부리면,
이 세상에서 추잡한 것을 확 쓸어버린다.

아름다움을 탐내는 사람이 많이 보인다.
에로스Ερως의 금 화살을 맞은 해의 신 아폴론Απόλλων이
납 화살에 다친 다프네Δάφνη를 찾아 헤맨다.
다프네는 아폴로의 귀염둥이 월계수로 변한다.

언젠가는 하느님께서 그런 탐욕, 고통,
걱정에서 우리를 해방시켜 주실 게다.

# 낭떠러지 위에서

240년 전에 따뜻한 미국 남부에 자극을 주려고
일본에서 칡덩굴을 수입해 온 뒤로,
많은 농부들이 목장에 먹기 좋은 사료로 길렀다.
요리사가 칡 요리를 하고 공예사가 바구니를 짰다.

칡덩굴은 빨리 자라 나무나 덤불 위로 올라가는데
잎이 무성하여 작열하는 햇볕을 가려 준다.
덩굴이 송전탑과 교회 표지 위를 오르내린다.
이 식물 덕에 질소 성분이 보충되면 토질이 개량되리라.

혹독한 기후로 산사태가 일어나 허물어진 낭떠러지에
한 줄기 칡이 덩굴의 머리를 필사적으로 들면서 기어간다.
형편없이 망가진 이 세상의 실망과 원한을 씻으려고.
코앞에 다가오는 새 시대의 열악한 환경 속에서.

절벽을 기어올라 가는 덩굴처럼, 우리도 힘써야 한다.
의지할 곳 하나 없어서 허덕이는 이를 도우면서.

# 혐오

뜻도 없이 지치지 않고 한없이 지저귀는 앵무새처럼
지나치게 장황하게 지껄이는 사람은 정말 보기 싫다.


자기 혼자 다 아는 것처럼 뽐내는 똘똘이도 혐오스럽다.
배울 게 있으면 어린이한테도 열심히 배우려 하지 않고.


오만에 찬 군사들이 강의 격류를 건너다가 익사한다.
늑대들이 얕은 여울을 찾아 건너가도 따라가지 못해서.


약한 자들이 당신 귓전에 보내는 속삭임에 귀를 기울여라.
새 나라를 세우려고 트로이를 떠난 아이네이아스에 배워라.


로물루스가 그 땅에 사람들이 살 도시를 수년간 건설했듯이.
벚꽃과 진달래가 만발한 아침의 고요한 땅에 도시를 세워라.


남을 인정하거나 칭찬할 줄 모르는 지식층을 혐오한다.
주님께서 항상 겸손하여라 하신다. 다 함께 망하지 않게.

# 사랑하는 일곱 별

한국과 미국에 있는 일곱 개의 별을 사랑한다.
희랍인들이 아꼈듯이 이들은 내게 소중하다.
우리 집안의 혈통을 바로 이어받았기 때문에
이들의 생각과 이루어 낸 업적을 괴인다.

친척, 친구, 이웃을 사랑해야 한다.
희랍인이 정의한 인간에 대한 사랑을 해야 한다.
모든 사람이 이웃에 살면서 가깝게 지내는 사이로
통일된 민족을 이루려는 사람들의 열정을 아낀다.

칭찬하고 찬양해야 할 우리 동반자를 사랑하고 싶다.
에로스Eros(성애)와 아가페Agape(기독교적 사랑)의 상극 가운데.
동반자를 사랑하고 싶다. 내 짝의 아름다움을 보고
슬기로운 조언을 들을 수 있어 더할 나위가 없겠다.

하느님은 그분을 믿고 사랑하는 자를 사랑하신다.
하느님은 사랑 그 자체이시고 원죄를 속죄해 주신다.

# 인내심

참을성이 없으면 무엇에나 성공하지 못한다.
무엇이나 발명하려면 계속 실험을 해야 한다.
수 천 번의 실패를 끈기 있게 되풀이한 끝에
에디슨Edison은 백열등에 쓸 심지를 수없이 시험했다.

스마트폰을 잘 쓰려도, 짜릿짜릿해 오는 흥분을
느끼며 시행착오를 되풀이해야 사용법을 익힌다.
매일 백 번씩 여려 주를 끈기 있게 연습해야
그 기기를 자유롭게 잘 쓸 수 있게 될 것이다.

인내심을 다하여 지금의 어려움을 이겨야 한다.
끈기 있게 노력하면 강하게 뭉칠 수 있게 된다.
참을성을 지니고 다른 사람들을 이해해야 한다.
그래야만 서로를 도우면서 살아남을 수 있다.

아무도 당신을 구원하러 오지 못하더라도,
당신에게 닥친 수모를 견뎌내는 것이 좋겠다.
깡패가 당신을 모독하더라도 참아 내도록 해라.
한신韓信 장군이 깡패 사타구니 아래를 기었듯이.

암 같은 몹쓸 병에 걸려도 포기하지 마라.
흉악한 암세포는 훌륭하신 의사가 없앨 것이니,
현대 의학 요법을 계속 받아 보도록 해라.
끈기가 원리원칙을 성공할 수 있게 해준다.

한번 시작하면 십 년은 포기하지 마라.
언젠가는 좋은 성과로 방긋 웃도록 하자.

# 즐거움


네 가지 감정으로 인생을 즐기세요.

기쁨, 분노, 슬픔과 즐거움.

헌신을 다하면 기쁨이 옵니다.

무엇이든 도전해 보고 싶은 분야에.


기쁨을 느끼려면 무언가를 창조해 보세요.

쓴 글을 지혜와 미적 감각을 다하여,

수백 번 다듬어 나가면서 잘 고른 낱말로

당신 생각을 정확하고 아름답게 표현하세요.


베토벤Beethoven이나 미켈란젤로Michelangelo가

해냈듯이 작곡도 하고 많은 그림도 그려 보세요.

스포츠나 운동에서 최선을 다 해 보세요.

세계 경쟁에서 이기려고 격심한 연습 끝에.


주님께 즐겁게 성공을 이룰 수 있도록 기도하세요.

그렇지 못하면, 당신의 인생은 고통스럽게 된답니다.

# 분노

옛날 옛적부터 분노는 두려움, 슬픔, 심하게
잘못된 일을 감당해 내는 역할을 했습니다.
화난 심정을 표시하려고 신이나 인간, 심지어 동물도
찡그리고, 째리고, 이빨 들어내거나 으르렁거렸습니다.

주위에서 일어나는 못된 짓들을 고치려고
잘못된 일을 크게 화내며 질책할 수 있습니다.
그러나 무고한 사람을 너무 지나치게 몰지
마세요. 정치꾼에 의한 최악의 혼란 상태에서.

전쟁터에서의 학살에 분노를 느낍니다.
특히 세계2차대전 때의 인종학살에.
사회통신망서비스sns가 일으킨 혼란
속에, 자살한 정치인이 수도 없답니다.

그리스의 사나운 영웅, 아킬레우스Aχιλλεύς가
모든 일을 다시 시작하려고 트로이Tροία에서 죽었답니다.

# 비애

외로운 기러기가 달 밝은 밤 하늘에 끼룩끼룩
웁니다. 수만 리 여정을 함께 할 짝을 찾아서.
새끼를 하늘 높이 데리고 다닐 수컷이 없는데.
그런 슬픈 일을 웃지 못해 그냥 넘겨야 하나?

부모나 자식 같은 사랑하는 사람들과 이별할 때,
침통한 슬픔이 해일이나 폭풍처럼 덮쳐 옵니다.
유언도 남기지 않고 사랑하는 사람들이 떠나버리면,
무엇을 어떻게 해야 할 지 모르는 우리들은 쩔쩔맵니다.

멋진 비전을 잃어버리는 것이 얼마나 슬픈 일입니까?
우리 나라가 멋대로 엉키면 정말 끔찍하겠지요?
거대한 변동이 무섭게 빨리 일어나는 시대에
끝장이 되면 인기영합과 낙관주의로 모두 바보가 되지요.

비명을 올리니 떠들썩한 나라에 메아리 집니다.
값진 것을 나누지 않고 어찌 나라를 구합니까?

# 쾌락

아이들을 주마다 만나는 것은 즐거운 일.
반가워서 교외로 차를 함께 몰았다.
색색 가지 꽃과 무성한 나무가 자라는 언덕을
옛날 추억에 젖은 대화를 하면서 차를 몰았다.

서울에서 한 시간 거리인 힐 하우스에 도착해서,
조각과 정원수가 있는 정원을 거닐었다.
남한강에 떠오르는 영혼들을 상기하면서
빙수와 커피를 들며 거니니 기분이 좋아졌다.

초계옥의 시큼하고 매콤한 냉면을 생각하면서
육십 년 전에 맛본 시원한 냉면 특제를 들었다.
아내와 함께 육수를 마음껏 들고 싶었다.
우리의 건강을 지켜 주는 훌륭한 음식이다.

차에 다시 올라 10월의 노래를 합창했다.
괴로움을 잊어버리고 우리는 즐겼다.
먹고 노래하고 자선을 베풀고 징을 치면서.
오가는 차를 비키며 힘들이지 않고 귀가했다.

미리 계획한 것도 아니고 갑자기 소풍 갔는데,

세 명의 운명 여신이 빈틈없이 일정을 잡았었다.

# 선배와 후배

나이가 많아 어디로 가나 선배가 되었습니다.
여든다섯 넘어 더 나이를 먹으면서도
그래도 해마다 젊어지는 척해봅니다.
사람들이 날 보고 기저귀 차고 오랍니다.

날마다 불로초를 들고 있나요?
그래요. 평생을 도와준 분들에게
빚 갚는 멋진 사랑의 약을 들고 있어요.
평생을 투쟁하면서 심신이 지쳤답니다.

많은 연장자들이 젊음을 되찾고 싶어 합니다.
후배들이 세상 진리를 배우려 애쓸 때에,
신심도 없이 번영을 추구하며 산다면
아무도 휘황한 삶을 즐길 수 없을 것입니다.

주님께서 부활하신 뒤 열 번이나 나타나셔서, 후배들에게
가르치셨습니다. 사람들이 지성 헌신하도록 지도하라고.

# 지혜를 나누는 일

아는 것이 적어 현명하지 못하고 어리석었음을 깨닫고,
열심히 지혜와 경험을 쌓으려 노력해야 했습니다.
지식, 안목, 통찰력, 좋은 결정을 할 수 있는 힘으로
모든 사람들에게 함박 이익을 가져다줄 수 있도록.

문명이 발상한 뒤로 지도자는 지혜를 귀히 여깁니다.
이 세상에서 가장 고귀한 덕목이라고 지혜를 찬양했습니다.
소크라테스와 플라톤에게 철학이란 지혜를 사랑하는 것이고,
성경의 속담과 제임스의 저서는 지혜가 핵심입니다.

복잡한 세상사에 적응하고 우리들 일상사의 어려운 일을
잘 처리하려면, 지혜야말로 소중한 덕목입니다.
하느님을 믿고, 친구와 잘 사귀며, 결혼, 재정운영과
함께 일하는 방식을 배우려면 지혜가 필요합니다.

어진 이는 소설 쓰는 새로운 창작법에 쉽게 적응합니다.
작은 숫자도 정확하게 표현할 줄 아는 과학자들은
지수의 첫째 수준에 마이너스 표시를 하는 법을
발명했어요. 수소 원자의 직경이 $2.5 \times 10\text{-}11\text{m}$이듯이.

큰 숫자를 사전에서 찾아보면, 백만, 십억, 조, 경, 무한대,

구골플렉스Googolplex(10의 100제곱 수)가 있는데,

천문학자들이 10의 제곱 표시인 $10^9$, $10^{12}$, $10^{15}$, $10^{303}$,

$10^{googol}$ 등으로 한없이 늘어나는 숫자를 표시했다.


지혜를 익히려면, 일생 동안 남을 찾아다니는 것이 좋다.

우리의 고민을 풀 갖가지 방법을 현인들이 가르쳐 주니까.

스승께서 체련장과 식당, 그리고 온라인으로 하루에

세 번이나 일러주시니 고맙기 한이 없습니다.

# 한국의 가을

한국의 화려한 가을 단풍과 노란 숲을 즐기세요.
동북 아세아를 강타한 끔찍한 태풍을 피하고.
늦은 시월에서 십일월 초순까지 이 주일간을
등산객은 토끼나 범을 닮은 이 매혹적인 땅을 즐깁니다.

호흡에 지장을 주는 미세먼지가 없는 맑고 신선한
공기 속에 관광객들이 몰려옵니다. 산야와 계곡을 찾아.
단풍과 노란 은행, 갈색의 낙엽 수를 감상하려고.
설악, 내장, 지리, 오대산의 국립 공원에서 실컷 즐긴답니다.

한국의 가을 철에는 중요한 국경일이 많습니다.
보름달 아래 추수를 감사드리는 추석이며,
개천절, 한국 특유의 문자를 기념하는 한글날.
유엔 데이에는 유엔의 창립을 사람들이 기념합니다.

신나는 유원지로 소풍이나 나들이 가면서
마을과 농장에서 벌인 축제에 탄복합니다.

# 물리학의 천재들

천재들이 어떻게 현대 물리학을 개발했는지 궁금하다.
물리학의 아버지로 존경하는 갈릴레이Galileo Galilei처럼.
위대한 물리학자이자 철학자인 뉴턴Isaac Newton처럼.
탐험가 아인슈타인Albert Einstein과 호킹Stephen Hawking처럼.

모두가 우주 측정에 쓸 수학 개발에서 시작했다.
대수, 기하, 미적분, 혼돈chaos이론을 활용했다.
정리, 등식, 알고리즘, 공식 등을 개발하면서.
역학, 중력, 상대성 등등을 규명하려고.

로마 종교재판에서 구속을 당하고
독방의 외로움을 달래면서, 나치스의 유대인 학살이나,
루게릭병을 이겨내면서, 네 분 물리학자들은
자연과 우주를 다스리는 진실을 찾으려 애썼다.

대학에서 수학, 물리, 철학을 가르치면서
운동학, 태양중심설, 역학과 만유인력을 개발했다.
상대성 원리, $E=mc^2$의 물리 질량 에너지 등가성이나
블랙홀 방사, 빅뱅 등 큰 성과를 거두었다.

끝없이 퍼지는 거대한 우주를 살피면서
망원경에 의한 관측과 질량과 광속도 에너지의
상관관계를 찾으면서 많은 종류의 물질간
역학 법칙을 찾으려 다들 애썼다.

갈릴레오는 지하감옥의 벽에 "그래도 그것이 움직이고 있다"
고 적었고, 뉴턴은 말했다. "바닷가에서 자갈이나 예쁜 조개
껍질을 줍고 좋아하는 어린이 같다. 눈앞에 망망한 진실의
대양이 미개발 상태로 펼쳐져 있는데도."

뉴턴은 자주 말했다. "사과가 나무에서 떨어지는 것을
보고 만유인력을 생각해 내는 계기가 되었다"하고.
아인슈타인은 열일곱 살에 도형기하학만이 아니라
역사, 대수, 물리, 기하에서 최고의 점수를 땄었다.

1921년에 아인슈타인은 이론물리학에 대한 공헌과
광전효과의 발견으로 노벨상을 받았는데, 미국이
원자탄 개발에 착수하도록 권했다. 뒤에 자기가
저질은 하나의 큰 실수였다고 후회했다.

스티브 호킹은 밴텀북 편집인의 지도로 기술 용어를 쓰지 않고
"시간의 역사"를 다시 쓰다가 워낙 힘이 들어서
도움을 청했다. 그 뒤 이 책은 여러 나라 말로 번역되면서
구백만 부나 팔리는 베스트셀러가 되니 더할 나위가 없었다.

네 분의 물리학자는 모두 한 해의 일사분기에 태어나서
76세에서 84세 사이의 나이로 이른 봄에 돌아가셨다.
동료와 학생들과 함께 열심히 일하면서 많은 논문을
발표하고, 청중들에게 자기의 이론에 대한 강의를 했었다.

중학교 삼학년 때까지 수학이 제일 재미있었는데,
한국 전쟁과 가난으로 학업에 지장이 생겼다.
한 번 더 태어난다면, 수학과 물리를 공부해서
위대한 학자들을 좇아간다면 멋진 꿈이 되었겠지.

한 번 더 멋진 아이디어를 내어 공기에서 탄산가스와
미세먼지를 제거하는 로봇을 개발하고, 플라스틱
폐기물을 수거하고, 태풍, 지진, 폐기된 원자력
발전소로 생긴 환경오염을 깨끗이 청소하자.

인간은 재난을 극복하는 능력이 있다고 믿는다.

"이 또한 지나가리라" 하고 솔로몬Solomon 왕이 대답하셨다.

# 크나 큰 스승님, 고 허신구許愼九 회장님

회장님은 우리의 햇빛이고
회장님은 우리의 희망입니다.
회장님은 우리의 꿈이고,
회장님은 우리의 스승이십니다.

우리는 회장님과 함께
일할 때, 행복했습니다.
우리는 회장님과 함께
놀 때 즐거웠습니다.

회장님은 우리를
해외로 나가게 하셨습니다.
세계적인 경쟁을 뚫고
우리 제품을 팔라 하셨습니다.

한 번 신임하시면
권한을 주셨습니다.
고객을 위하여
가치를 창조하라고.

회장님은 우리의 햇빛입니다.

사람들의 미래를

밝혀 주시며 세계에서

떠오르라고 하시며.


회장님께서 "하이타이"를

세제의 전국 상표로 키우셨습니다.

회장님께서 미국 헌츠빌Huntsville에

처음으로 텔레비전 공장을 지으셨습니다.


큰 잔으로 술 드시면서,

우리가 소주잔 같은

작은 잔으로 들도록

허용하셨습니다.


회장님은 정이 많으셔서

몸이 약한 저희들을 자상하게

돌보셨습니다. 병원을 소개하고

때가 되면 승진도 시켜 주시고.

거대한 체구로
석유화학과, 전자기기 제조,
편의점 같은 소매 사업을
씩씩하게 경영하셨습니다.

회장님, 오래 건강하게
사시기를 모두 바랐는데,
돌아가셔서 슬프기 한이 없습니다.
크나 큰 스승님, 고 허신구許愼九 회장님.

# 고 구본무具本茂 회장님을 기리며

칠십 년대 초에 미국 유학에서 돌아와,
제일 먼저 엘지 그룹 모회사인 럭키화학에 합류하시고,
5개년 사업계획을 수립하는 일을 진두지휘하셨습니다.
그때 직원들이 해운대 해변에서 일하게 별장을 제공하셨지요.

장기간의 사업 방향을 집중적으로 정하면서,
우리는 새로운 사업과 인재 육성을 논의했습니다.
워낙 다방면에 재주가 있으셔서, 회장님은 함께
성취할 목표를 즐겁게 설정해 나가셨지요.

재치 있는 농담으로 대화를 이끄는 장기가 있으셔서,
회장님께서는 공식 회의의 딱딱한 분위기를 부드럽게
푸셨습니다. 당구 실력이 워낙 좋아 한 번도 우리가
이기지 못했는데, 골프 싱글에 낚시/사냥도 즐기셨지요.

회장에 오르신 지 이십삼 년간,
세계 제일을 해내라고 독려하셨지요.
엘지의 독특한 경영철학인 "고객을 위한 가치창조,
인간존중 경영, 그리고 윤리경영"을 강조하셨습니다.

인간과 자연 그리고 사회를 크게 사랑하신 회장님,
IMF의 금융위기 때 빅 딜로, 전자, 화학, 통신 및
서비스부문의 지속적인 성장에 핵심이 되는 소중한
사업부문을 포기하게 강요당하며 통곡하셨지요.

또 하나의 고초는 아들을 잃은 일이었습니다.
조문을 받으면서 하늘의 뜻이라고 말씀하셨습니다.
사랑하는 아들을 잃은 슬픔을 이겨내는 것 같았으나
회장님의 수심에 찬 모습을 잊을 수가 없었습니다.

소방사나 휴전선에 근무하는 병사들이 근무 중에
다쳐서 나라와 사회에 목숨을 바친 의로운 분들을
회장님은 충심으로 아끼셨습니다. 그래서 불구가 되거나
비참한 처지가 된 분을 돕기 위해 기금을 마련하셨지요.

인간만이 아니라 동식물도 보호하고 키우기 위해,
엘지 상록, 복지, 연암, 연암 학원 등.
여러 재단의 이사진이 되어 바쁜 일정
가운데 시간을 내어 운영에 참여하셨습니다.

전지 시스템이나 올레드 텔레비전OLED TV같은
새로운 사업을 여러 번 실패한 끝에, 엘지가 세계 제일이
되도록 꾸준히 개발할 때 이렇게 격려하셨지요.
"실패를 허용하면서, 십 년을 성공하도록 기다리겠다."

서울 마곡 지역에 세계 최대 기업 연구단지의 하나가
된 엘지 사이언스 파크를 개설하면서, 산업부문과 문화의
장벽을 극복하고 과학자와 기술자들이 지혜를 모으고
융합하는 또 하나의 다른 시대를 회장님이 마련하셨습니다.

곤지암 골프 장에서의 마지막 만찬 때 제가 앉은 자리에
오시더니, 재치 있는 농을 건네셨습니다. "김 고문님,
그 연세에 어떻게 그리 젊어 보입니까? 회춘을 시켜주는
샘을 찾으셨나요? 다음엔 강보襁褓에 쌓여 올 건가요?"

일흔이 되면 양 어깨에서 무거운 짐을 내려놓을 수 있다
했는데, 삼 년이나 더 일을 해야 하셨습니다.
사업의 환경이 너무 빠르고 어렵게 변해 가서
회장직의 과로와 스트레스로 건강이 나빠지셨습니다.

임종의 자리에서도 유언을 남기셨습니다.
나무와 꽃을 사랑하기에 수목장을 하라고.
회장님, 부디 마음과 몸을 편히 쉬십시오.
이미 엘지 그룹 전체를 잘 이끌어 주셨습니다.

정말로 감사합니다. 구본무 회장님. 애써 주신 덕분에
엘지 그룹은 회장님의 뜻대로 비전을 이루어 낼 것입니다.
저 높은 하늘 위에서 지켜보십시오. 우리들이 회장님의 뜻을
따라 회장님의 미소를 상기하면서 지성껏 일하는 모습을.

# 연말에

1
연말에 생각해 본다.
특별히 신경 써야 할 난제들을.
인간에게 이롭고, 영화롭고,
영원한 평화를 이루려고.

테러와 대량 학살을 미워하지만,
도둑질, 강간, 굶주림을 싫어하지만,
오염된 공기, 토지, 물, 그리고 바이러스
전염병으로 세계는 바야흐로 죽고 있다.

지금 프로메테우스Προμηθεύς가 다시 오면 좋겠다.
인간을 위해 불을 훔쳐와, 화 난 제우스가
코카서스 산속에 쇠사슬로 묶어서 날마다
독수리가 날아와 그의 간을 쪼아먹게 했다.

프로메테우스는 이승의 분쟁, 질병, 기아를
해결할 수 있게 지혜, 과학, 약품을 갖고 왔다.

## 2

속세의 송사와 비난으로 가득 찬 기사들,
시간마다 방송하는 각종 보도에 지친다.
우리나라만이 아니라 세계 각처의 사건들.
이런 기분과 추세는 당장에 바꾸어야 한다.

몇백 년 전의 한국과 세계에서 그랬듯이,
모든 부문에서 욕망과 위선으로 가득하다.
대중에 영합하여 민주주의를 망칠 수 있다.
난장판에 의원들이 바르게 처신해야 되는데.

국민을 대표하고 국민 이익을 위해 일한다면,
당파마다 자기 생각만 말고, 중의를 모아야지.
허세만 부리는 국회를 지지하지 않을 것이다.
벼랑 끝의 국회의원들을 모두 탄핵할 것이다.

프로메테우스는 사회에 이익 될 것을 갖고 온다.
옛날에 그리스 신화에서 인류에게 해 주었듯이.

# 세월은 번개처럼 흐른다

## 1. 인생 첫 단계

일본 도쿄에서 태어나 다섯 살 때에 한국으로 왔다.
일곱 살 때 어머니가 도쿄로 날 데려가서 학교에 넣었다.
다시 삼 년 뒤에 한국으로 피난 왔다. 그래서 일본어와
한국어를 두 번 배워 두 나라 말을 잘 하게 되었다.

중학교에서 영어를 배우게 되어 어학실력을 다듬는
평생 작업이 시작되었다. 대학에 가려면
제2외국어를 해야 하니, 혼자 독일어를 읽기
시작했다. 게다가 한문은 기본 소양에 속했다.

수학은 과학적인 사물을 다루기 위한 언어였다.
초등학교 교사를 기르는 사범 학교로 진학하여,
대학 입시에 적합한 학과를 충분히 배우지 못했다.
그래서 모든 준비는 도움 없이 혼자 해 나가야 했다.

이십오 년 동안, 앞으로 일할 때에 써먹을

기초 과제를 배우고 공부했다. 대학을 졸업하고

육 년간 한국 서울에 있는 고등학교에서

열심히 영어를 학생들에게 가르쳤다.


## 2. 인생의 2단계

1962년에 엘지 그룹에 평사원으로 들어갔을 때, 종사할

사업이나 산업계에 관한 지식과 경험이 하나도 없었다.

회사의 선후배들이 참고 서적을 추천하면서 필요한 기술을

익히라고 했다. 그 덕에 이십오 년 뒤 사장이 될 수 있었다.


그 사장직도 그만 둔 지가 벌써 이십오 년이 되었다.

엘지 씨엔에스, 한국 최고의 정보 기술 서비스회사의 사장직.

엘지 그룹과 미국의 이디에스EDS가 합작한 회사로 1987년에

열세 명의 직원과 미국인으로 세운 정보 기술 서비스 회사다.

런던에서 합작회사 건립을 추진하면서,
회사의 이름을 에스티엠STM이라 지었다.
모든 사람들이 적극적으로 참여하기 시작한
정보화 시대를 이끌 시스템 기술 경영이라는 의미였다.

엘지 그룹 주력회사의 전산 자원 공동 사용과
시스템 통합부터 착수한 뒤, 고객을 늘려 나갔는데,
몇 년 뒤에는 정부와 금융부문까지 확대해 나갔다.
국세청과 대법원을 비롯해 은행, 신용카드 등의 시스템까지.

직원들 간의 원활하고 빠른 의사소통과 기술훈련을 위해
이메일과 온라인 교육과정을 전 직원이 쓰게 했다.
1987년에는 이메일이 영어로만 쓸 수 있어서, 임직원 모두가
과업을 수행하거나 신기술을 배울 때 영어를 써야 했다.

직원 채용에 인종, 성별, 학력 등에 차별을 두지 않았다.
한국의 엘지와 미국의 이디에스 간의 합작 회사인지라,
한국어와 영어가 의사소통과 "고객에게는 성공을,
종업원에게는 기회를"로 표현된 비전을 이루는 데 큰 역할했다.

9년간, 사장직을 맡았다. 육십여 개 장소로 분산되어
국내외 고객과 함께 일하는 직원들이 애를 많이 썼다.
80년대 말에 인터넷을 마음껏 활용하면서 임직원이 마치
같은 사무실에서 일하는 것처럼 일사불란해졌다.

가장 중요한 것은 우리의 비전인 최적의 서비스를
제공하기 위해 최고경영자가 고객의 일선 사용자와
우리 직원을 찾아가서, 서비스의 향상과 작업환경
개선에 대해 함께 노력해 나갈 것을 강조하는 일이다.

인터넷을 통해 제안을 올릴 수도 있지만, 사람들은 마음먹은
일을 솔직하게 털어놓기 싫어하는 경향이 많아, 대면해서
사람들의 생각을 직접 들을 수 있는 자리를 만들어야 했다.
저녁을 함께 하거나, 운동을 하거나 즐겁게 노래하고 춤추면서.

이디에스가 자기네 선진적인 작업장을 모두 개방했기에,
우리 직원을 뽑아 전 세계 우수 작업장을 방문하게 해서
최상의 사례를 조사하여 우리가 해 나갈 서비스로 삼았다.
그 덕에 노후한 시스템을 개선할 일거리를 딸 수 있었다.

세계적인 우수 사례를 파악하기 위해 출장이 많았다.
인재채용, 기술확보, 제품과 미래구상에 필요한 많은 자료를
얻으려고, 해마다, 어떤 때는 일 년에 일곱 번이나, 협력에
대한 대가나 기간과 조건 들을 협상하며 동분서주했었다.

팔 년간을 그렇게 보내니, 경영자 책임을 다하기에는 건강이
견디지 못했다. 사표를 냈으나 바로 수리되지 않고 일년을
더 근무하고 서야 회장의 인가가 났다. 이때, 동북아시아
동이구족東夷九族 고대사에 대한 소설을 쓸 생각을 했다.

사표가 수리되고서 삼 주간을 아내와 일본 규슈九州를 여행했다.
옛날 동이東夷의 기마민족이 바다를 건너
오스미 반도大隅半島의 한쪽에 자리 잡아 새 왕조王朝를
세운 일에 관련된 자료를 찾아서 기리시마霧島도 찾았다.

## 3. 인생의 3단계
그 뒤의 이십오 년 간, 세 가지 일을 중점적으로 벌였다.
하나는 엘지 그룹의 사장 평가 위원회를 지원하는 역할이고,

다른 하나는 정보기술 분야 자문 회사 프리씨이오를 설립하여
운영했다. 마지막으로 한국어와 영어로 역사 소설과 시를 썼다.

학자들과 세계 소프트웨어 현황과 가상현실 개발 상태를
조사하러 세계 일주를 두 번이나 했다. 한편, 역사소설 자료를
찾아 일본의 이즈모出雲, 이끼壱岐, 규슈九州, 교토京都, 나라奈良,
한국의 백두산, 김해金海, 경주慶州, 부여扶餘 탐방도 했다.

점차 글 쓰고 책으로 출판하는 일에 관심이 쏠리기 시작했다.
처음에는 국내외에서 출판하는 방법을 알지 못했다.
그러다가 2006년 3월 25일에, 시너지 정형외과의 김원중 박사가
강직성 척추염으로 변형된 내 허리를 수술하게 되었다.

열 시간이 넘는 수술이 잘 되어 집에 왔는데, 어문학사의
윤 사장이 찾아와 역사소설을 출판하자고 했다. 수술을
하려고 입원하기 전에 연우 포럼에서 원고 일부를 나누어
드렸는데, 그 자리에 윤사장이 있었다 했다.

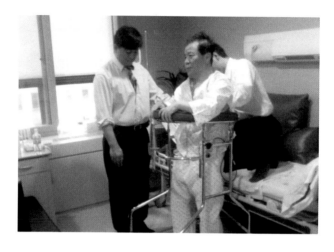

김원중 박사가 수술 후 일어서는 김영태를 부축하고 있다.

"환단의 후예"가 출판된 뒤, 영어로 시를 쓰기로 마음먹었다.
매주 한 편의 시를 쓰면서, 감흥을 잘 표현하려고
무던히 애썼다. 그래머리Grammarly가 잘못된 표현을 지적하면서
문장의 난이도를 평가해 주니 도움이 컸다.

50여 편의 시를 모아 미국 출판사를 인터넷으로 찾았다.
다행히, 밀시티 출판Mill City이 응해 주어 첫 시집이 나왔다.
밀시티의 샐럼Salem 작가 서비스 팀이 편집을 잘 해서
서투른 표현은 빠뜨리지 않고 고쳤다.

매주 한 편의 영시를 쓰는 것을 계속했더니, 2017~19년에
밀 시티 프레스Mill City Press가 도와 세 권의 시집이 나왔다.
"A Candle from the Far East"(2017), "The Sun Will Rise Without
Fail Tomorrow"(2018), "Sharing Wisdom Together"(2019).

대양출판Seacoast Press의 마인드스터 미디어MindStir Media 사가
"환단의 후예"를 필자가 영어로 개작한 "Stars on the Oriental
Corridor"을 2020년도 맨해튼 도서상Manhattan Book Awards을 주고
아마존Amazon 베스트셀러 만들겠다고 나섰다.

Mill City Press가 낸 3권의 시집

2020년 맨해튼 도서상

석기 시대부터 서기 7세기까지의 한국, 일본, 중국의 지도자들의
일화를 다룬 소설이다. 천天에서는 극동의 회랑 지대를 이끈
지도자의 전설을, 지地에서는 이 지역 국가들의 혁신활동을.
인人에서는 신라통일까지의 전쟁과 분규에 대하여 적었다.

출판사나 지원 팀, 그리고 작가의 끈질긴 노력의 놀라운
결과가 나와, 이 책은 앞으로 NBC, CBS, ABtC, Fox Site를
통해 선전될 것이다. 출판과정에서 많은 스트레스나 불안감을
겪었으나, 모두들 진지하게 협력해 온 점이 정말 고마웠다.

영어로 쓴 시집이 출판되니, 한국어로 번역하는 것이
좋겠다는 생각이 나서, 다시 다듬어 보았다.
2021년 정월에 어문학사가 첫 한국시집을
예쁘게 다듬어 출판하고 좋은 서평을 해 주었다.

사회적 거리두기로 창궐한 전염병이 사람들을 집에만 있게
하여, 재택근무가 세계적인 사업 추진 추세가 되었다. 한 번도
만난 적이 없는 사람들과 인터넷으로 빠르고 효과 있게 일하게
되었다. 그래서 website로 https://ytkimfree.com/도 개발했다.

아마존 베스트셀러 소설 "Stars on the Oriental Corridor" 세 권

한국 시집 1호

스마트폰이나 컴퓨터로 이 website를 누르면 미국과
한국에서 출판한 책의 소개가 나오고 영문판은 아마존에
주문할 수 있게 해준다. home칸 끝에 비디오 4편이 있는데,
작가에 대해 많은 것을 알 수 있게 해준다.

시간은 번개처럼 지나가고 있다. 이미 인생의 삼단계의
끝무리가 되고 있다. 25년 동안, 작가로 도전하고 있다.
하느님께서 천국으로 부르실 때까지, 디지털 전환기에 지혜와
경험을 나누며 살아가니, 이보다 행복한 일은 다시없겠다.

# 건강과 복지

# 폐렴

2019년 3월 1일, 금요일이었지. 심한 기침에 시달린 것이.
열도 없는데, 무언가 목에 달라붙었다.
전화 받으면서 음성이 거칠어져서,
목소리가 안 좋아 미안하다고 사과했지.

주말이라 병원이 열지 않으니,
단골 약국에 찾아가서 잘 듣는
감기약을 달라고 해서 들었다.
월요일에 최고의 치료를 받아야지.

건국대학교 병원, 호흡기 알레르기 내과에서,
10년 전부터 내과 선생님의 신세를 지고 있었다.
천식과 고혈압으로 정기 검진과 치료를 해서,
소중한 건강을 회복한 의료 기록이 병원에 있었다.

유광하 교수는 119로 응급실에 오지 않았다고 나무라시고,
X선 검사 후에 바로 입원을 할 수 있게 주선해 주셨다.
그 바람에 쾌적한 입원실에서 철저한 치료를 받을 수 있었고,
간병인을 구할 때까지 아들과 아내가 돌봐 주었다.

하루에 4번, 항생제를 정성껏 혈관주사해 주고
악화한 기침을 달래노라 스테로이드를 매일 주사했다.
간호사가 객담, 혈압, 당도를 주기적으로 측정하면서,
하루에 4번, 초미세 분무기를 써서 심호흡을 해야 했다.

제일 힘든 것이 초미세 분무기에 의한 치료였다. 마우스피스를
물고, 깊이숨 들이마시기를 20분간 되풀이했다, 하루 4번.
분무기의 압축장치가 미세 증기를 뿜어 호흡에 지장이 생긴
폐를 편안하게 하고, 숨쉬기 쉽게 도와주게 되어 있었다.

아침 6시에, 지하 1층의 영상실에 가서 X선 촬영을 했다.
좀 더 자세한 것을 알려고 PET/CT촬영도 하게 되었다.
당뇨환자 식단을 들면서 혈액과 소변 검사를 했다.
1주일 동안 체온이 37.5°, 소변은 여섯 번 300~500cc였다.

당뇨환자용 식사를 세 번 들고 세 번 20분간 열심히 걸었다.
식단은 우유, 양배추, 무 김치, 생선이나 쇠고기, 생 두부국,
그리고 잡곡 쌀밥이었다. 모두 꼭꼭 씹으며 먹었다.
아침마다 주치의가 의료진과 함께 와서 환자의 상태를 물었다.

퇴원하자 기분이 좋아 "오 솔레 미오"를 노래했다, 아들에게.
일주일 뒤에 의사 선생님을 찾아가 질문을 했다. "지난 휴일에
폐렴 예방 접종을 맞았는데 어찌 폐렴에 걸리게 됩니까?
백신이 폐렴을 막진 못하고 악화되는 걸 막는 가 봐요."

방역당국은 65세 이상의 어른에게 폐렴 백신 접종을 권한다.
"폐렴구균 13가 단백 결합 백신PCV13을 먼저 맞으면,
1년 뒤에 폐렴구균 23가 다당질 백신PPSV23을 한 번 더 맞고,
PPSV23를 먼저 맞으면 1년 뒤에 PCV13을 맞아야 한다."

폐렴에 안 걸리려면, 환자로부터 거리를 두고, 손을 자주 씻고,
사람들이 자주 손대는 것을 잘 닦고 담배연기를 마시지 않도록
해야 한다. 천식, 당뇨, 심장병 같은 만성병을 잘 돌보고,
기침이나 재채기 할 때 헝겊이나 소매로 덮고 해야 한다.

불행이도 많은 사람들이 폐렴으로 죽었다.
그런데도 저승 사자는 날카로운 낫으로 날 잡아가지 않았다.
아마도 삶에 충실한 시를 쓰겠다는 꿈 때문이리라.
아직도 내게 이 세상에서 살아 할 일이 있는 것 같다.

# 코로나-19, COVID-19

우주가 탄생한 뒤로

많은 돌림병을 겪었다.

엄청난 생물이 죽었는데,

모두 정치놀이에 정신이 없다.


역사에 기록된 세계적 돌림병 가운데

가장 참담했던 것이 1918년의 스페인

독감*인데, 5억 명이 병에 걸리고

5천만 명 이상이 죽어 없어졌다.


의사들이 돌림병의 병원균을 코로나Corona라 불렀다.

병원균의 표면에 왕관처럼 뾰족한 돌기가 솟아

숙주의 세포에서 증식하기 때문이었다. 2002년 사스SARS,

2012년 메르스MERS, 2019년 코로나19가 최고 악질이다.

---

*     http://www.atlasnews.co.kr/news/articleView.html?idxno=1933

2020년에 우한武漢 중앙병원의 안과의 리원량李文亮*께서
2월 7일에 34세 나이로 코로나로 돌아가셨다.
2019년 12월 30일에 신종 전염병이 창궐해질 것을
위챗WeChat으로 동료에게 알리다가, 순직했다.

이 의사처럼 많은 사람이 전염병과 싸우다가 가셨다.
확진 환자와 가족들을 격리시켜서 병을 살피고,
급한 대로 약이나 비타민으로 치료하라고 지시했다.
유람선이 엄격한 규제 바람에 바다에서 표류하게 되었다.

세계보건기구WHO가 우한武漢에서 발생한 이 돌림병을
긴급사태로 선언하면서, COVID-19라고 명명했다.
얼마나 전파 속도가 빠른지, 천 명의 확진자 발생에
48일이 걸렸다. 사스는 130일, 메르스는 903일인데.

---

\*     https://ko.wikipedia.org/wiki/%EB%A6%AC%EC%9B%90%EB%9F%89

바이러스는 세균의 100분의 1 크기로 현미경으로 볼 수 없을 만큼
작은 단백질인데, 숙주세포宿主細胞에 붙어 증식하며 숙주마저
죽인다. 21세기 들어 많은 사람이 코로나바이러스 병으로
죽었는데, 사스, 메르스, 코로나19로 유령이 속출했다.

코로나19의 치사율은 2.4%, 사스 10%, 메르스 35%.
어린이들은 가볍게 넘어간다는데, 잘 먹고 운동과 휴식을
충분히 하기 때문이라고 한다. 2020년 5월 29일 현재 80대
치사율이 26.46%*에 이른다. 의료진이 정성껏 돌보는 데도.

의료 전문가들이 국경 봉쇄를 건의했으나, 한국에서는
아무도 이를 받아들여 국경 봉쇄를 지시하지 않았다.
석달 가까이, 이 돌림병이 기생충처럼 도는 바람에
우리는 외출을 못하고 집 안에만 갇히고 말았다.

───────

*     http://ncov.mohw.go.kr/bdBoardList_Real.do?brdId=1&brdGubun=11&ncv
ContSeq=&contSeq=&board_id=&gubun=

2021년 9월 11일 현재, 한국 확진 환자 수로 세계에서
81번째이다. 미국, 인도, 브라질, 러시아, 영국, 프랑스, 터키,
이란 순으로 확진자가 많았다.[*] 지금의 재앙에 대한 책임을
누가 질 것인가? 언제 이 병의 기세가 꺾일까? 걱정이 많다.

이 병이 처음 한국에서 터졌을 때에, 신생 기독교파 신천지가
2000년 3월 18일자로 한국 환자의 60.3%를 차지하는 집중
발생지가 되고, 대구 지역이 73.3%를 차지했다. 우한에서 온
사람들 때문에 한국은 외국인이 기피하는 나라로 변했다.

홍콩의 병원들이 독감과 사스 때에 개발한 방법으로, 재빨리
공동으로 코로나바이러스에 대처한 것은 참으로 잘한 일이다.
온갖 방법으로 전 세계에서 조달한 장비를 공급하여,
병원내에서 감염이 발생하지 않게 했으니 놀라운 일이다.[**]

---

[*]    http://ncov.mohw.go.kr/bdBoardList_Real.do?brdId=1&brdGubun=14&ncv
ContSeq=&contSeq=&board_id=&gubun=

[**]   https://www.medscape.com/viewarticle/926275

한국에서는 감염자의 검진 자료를 투명하게 공개한다.
스타벅스처럼, 드라이브스루*를 500곳에서 운영하면서,
간호원이 방호복을 입고 차창을 통해 차에 탄 사람의
코와 입안에서 면봉으로 점액을 채취하여 분석하게 한다.

한국은 분자생명공학 회사인 ㈜ 씨젠**이 긴급사태에 맞추어
개발한 검진 기구를 신속히 채택하여 환자를 검진하게 했다.
간호사가 피펫에 채취한 시료를 분석진단기에 걸면, 4시간 만에
94명 분을 3가지 유전자에 관해 자동 분석해낸다.

한국 질병관리본부는 최신 정보통신기술로 스마트 방역
시스템을 운영한다. 95%의 한국인이 위치정보시스템이
있는 휴대전화와 신용카드를 쓰고 있어서, 조사 대상이
국내외에서 접촉한 사람이나 행선지를 부인할 수가 없다.

---

\*    https://edition.cnn.com/2020/03/02/asia/coronavirus-drive-through-
      south-korea-hnk-intl/index.html

\*\*   https://edition.cnn.com/2020/03/12/asia/coronavirus-south-korea-testing-
      intl-hnk/index.html

COVID-19로 학교, 학원, 종교 집회를 폐쇄한 나라가 많다.
스포츠, 음악회, 전시회, 등 관중이 많은 행사를 취소했다.
원격으로 일하는 재택근무나 전자상거래가 급증하니,
새로운 생활방식 임시직 위주의 Gig경제가 닥친 셈이다.

방역과 치료를 위해서, 백신이나 약품을 빨리 개발해야 한다.
아무도 세계적으로 연대하지 않고 돌림병을 막을 수는 없다.
여름철에 병의 기세가 둔화한다 해도, 가을에 다시 맹위를
떨칠 수 있으니, 세계보건기구와 힘을 합해 대책을 강구하자.

얼마나 가야 세계적으로 퍼지는 전염병을 다스릴 수 있을까?
항공계나 여행사 같은 붕괴된 분야가 회복할 수 있을까?
2020년의 세계 경제와 산업은 어떻게 될 것인가?
맥킨제이 같은 전문가의 예측기사를 정독해야 하겠다.

각국 정부가 불경기를 걱정해 바이러스에게 선전포고를 했다.
국민을 돕기 위해 긴급 추가 예산을 승인하는 나라도 많다.
수입이 준 중소기업이나 실직자에게 각종 지원을 한다.
부채상환기일 연장, 납세유예, 현금 지원금, 방역 투자 등등.

우리가 방역에 너무 자신이 있었던 것은 아닐까?
아니면 방만하여 정치에만 정신이 홀린 것이 아닐까?
환자를 도우려고 많은 사람들이 자원해서 몰려간다.
긴급 사태에 자기 목숨까지 내어놓고 위험을 무릅쓴다.

사회적 거리두기로 학교와 집회를 열지 못하게 하면서
외로움이 심각해졌다. 격리 기간을 사색이나 무언가를
개발하는 데 쓸 수 있다. 그 동안 써온 글을 다듬어
독자를 매혹할 책을 내겠다는 사람도 있다.

뉴턴Newton은 1665년에서 1966년까지 런던을 휩쓴 대재앙에,
캠브리지대학교의 23세 수학도로서, 일 년 반을 농장에서
지낼 수밖에 없었으나, 예리한 통찰력으로 일광에서 무지개
색깔을 찾아내고, 운동, 중력의 법칙, 미적분을 개발했다.

우리는 클래식500에 살면서, 위생적인 식당에서 밥 먹고,
방역시스템이 잘 된 체련장과 욕탕에서 운동과 목욕을 한다.
하루에 여덟 번, 손바닥, 손가락, 손톱을 물과 비누로 씻고,
사회적 거리두기 아래, 마스크를 쓰고 의사를 찾는다.

창궐하는 전염병을 진정시키기 위해 전력을 다하자.

모든 지혜와 예산을 동원해서 고생하는 사람들을 돕자.

질병에 감염된 지역에서 애쓰는 분들에게 힘을 보태자.

먹을 것과 마스크를 방역에 힘쓰는 분들에게 먼저 보내자.


전 세계의 안전과 보안을 회복하는 것이 무엇보다 시급하니,

어떤 핑계나 구실로도 이를 외면하는 이가 있어서는 안 된다.

대재앙에서 회복하려면, 모두 지성을 다해 서로 도와야 한다.

지난날 혹독한 고난도 이겨낸 듯 희망과 열정을 지니고.

# 코로나바이러스19를 다스리려면

코로나바이러스19의 증세는 발열, 기침, 호흡곤란.
"노인이나 지병이 있는 사람은 증세가 없기도 한다.
대신, 넘어지고, 어지럽고, 나른해서, 삼키기 힘들다.
냄새 못 맡고 입맛 없어지고, 설사, 구토도 경험한다."*

비만, 당뇨, 심장병, 면역 결핍증, 천식, 폐 질환이
있으면, 코로나-19에 취약하다. 60일에서 90일 분
약을 의사 처방으로 미리 준비해 두면 도움이 된다.
1시간 걷는 운동에, 8시간 잠자면 건강에 좋다.

전파되는 바이러스를 막으려면, 다음의 일이 필수적.
사회적 거리두기, 환자의 격리, 집중발생지의 봉쇄,
마스크 착용, 흐르는 물과 비누로 30초간 손 세척,
영양 섭취, 걷기, 숙면, 긍정적 사고 등이 꼭 필요하다.

---

\*     https://edition.cnn.com/2020/04/23/health/seniors-elderly-coronavirus-symptoms-wellness-partner/index.html

가장 중요한 것은 자발적으로 방역에 참가하는 일이다.

CDC같은 방역당국의 지침과 경고에 충실히 따르면서.

# 원격 학습

학습 능력은 사람마다 다르기 때문에, 디지털 시대에
학생들은 학업성적에 따라 진도를 앞당기려 한다.
교사의 역할은 정기적으로 성적을 매기고 성과에 따라
면허를 따게 하면서, 학생의 학습을 돕는 일로 변해간다.

클라우드 컴퓨팅, 5G 통신망, 컴퓨터와 스마트 폰으로
센터의 교과과정 개발 담당이, 학습 잘 되게 비디오나
녹취록을 제공하면서 강의나 토론을 일정대로 주재한다.
학생은 각자 이해하는 속도에 따라 과정을 선택한다.

전체 학습과정을 원활하게 관리할 통합관리 앱을 쓰는데,
학점을 따려면, 합격 성적 수준을 학생이 미리 알아보고,
매주 지체 없이 과제물을 완성하여 기일 내에 제출하는데
성실성이 가장 중요하니, 슬쩍 넘기려 해서는 안 된다.

학교는 학생들이 좋은 인간 관계를 형성할 장소가 되고,
스포츠, 음악, 웅변, 예술 등을 실제 겨루는 장소가 된다.

# 원격 의료

작은 병원을 보호하고, 큰 병원이나 종합병원으로
환자가 몰리는 것을 억제할 규정을 법으로 정하지
않는 한, 의료진은 원격 의료를 반대한다. 그 결과
한국의 신생 기업들이 원격진료차 해외로 나간다.

과로로 숨도 쉴 수 없는 의료진의 짐을 덜어주고,
환자와 가족들과 신속히 상담을 할 수 있도록,
원격 진료의 개념이나 범위를 재설정해야 한다.
의사의 처방 권한과 책임을 보장하기 위해서도.

인공지능으로 챗봇을 개발해서 스마트폰으로
서비스하면, 환자는 문진問診에 답하면서
병원 데이터베이스를 갱신하고, 의사의 도움을
받는다. 챗봇은 먼저 가까운 병원을 추천해야 한다.

인근 병원이 종합병원에 갈 것을 추천하면,
챗봇이 환자를 위해 예약을 주선하면 되겠다.

# 무 접촉 장사

"무 접촉untact"이라는 말은 서울대 소비자학과 김난도金蘭都
교수들이 지은 말로, 대면 서비스 없는 무 접촉거래이다.
디지털 시대에, 전자기기에 익숙한 20대 밀레니엄이나
모바일 세대가 사람보다 키오스크 전자기기를 선호한다.

2017년부터 아마존이 시애틀Seattle 시험점에서 계산대에
점원이 없는 가게를 운영하고 있다. 손님은 개찰구에서
QR코드를 알리고 들어가, 무엇이든 구입하는 대로
계산대 앞에 줄 서지 않고 바로 드나들 수 있게 되어 있다.

2018년에 한국 대학가에 로봇이 서비스하는 커피점이
생겼다. 무 접촉 장사는 양품점이나 의상점에 전파되어,
가상현실과 3차원 아바타를 리모컨으로 조종해서,
손님들이 자기에 맞는 치수, 스타일, 색깔을 고른다.

전염병이 터지고 빠르게 번지는 바람에, 무 접촉 장사가
사회적 거리두기를 유지하면서 급속히 보급되기 시작했다.

# 어딜 가나 로봇

어딜 가나 사람을 돕는 로봇을 만난다.
과학과 기술이 사뭇 발달하니, 원가를 낮추고
생산성을 높이려 로봇을 쉽게 쓰게 된다.
돌림병이 설치니 사람 대신 로봇을 쓴다.

일본 혼다의 아시모 같은 사람 모양 로봇이나, 서빙 로봇이
한창인데, 사람과 함께 일하면서 힘든 일을 해낸다.
무인 항공기 드론Drone이나 자율주행 자동차에 더하여,
스페이스 X가 우주 진출로 모든 시름을 날려보냈다.

어디서나 가정용과 교육용 로봇을 쓰고 싶어 하고,
의료 로봇이나 나노Nano 로봇이 의료진의 일을 돕는다.
급속도로 번져가는 돌림병으로 사회적 거리두기가
강요되고, 확진 택배사원을 로봇으로 교체한다.

가을에 돌림병이 다시 창궐할까 봐 두려운가?
다들 긴급한 방역 작업에 참가하지 않겠는가?

# 돌림병 이후

사회적 거리두기로 마음대로 만나지도 껴안지도 못 하고,
교회나 경기장에는 행사를 즐길 열정적 관중이 없다.
온 세상에 살고 일하는 방식이 낯설게 변하니 어쩌지?

불안한 미래에 공부를 계속하지 못하는 학생이 많고,
새 일자리를 얻으려면 새 기술이 필요해 걱정부터 앞선다.
비행기가 여객을 어디로든 빨리 실어줄 수 있어야 하는데.

COVID 추적 프로젝트에서는 "흑인이 인구 구성비보다
두 배나 높은 비율로 사망하고 있다"고 했다. 인종차별에
의한 불평등과 많은 사망자에 대하여 한을 품고 울고 있다.

무엇이든 인간에게 유익한 일을 먼저 하도록 해야 한다.
강제가 아닌 자발적으로 행동하게 할 수는 없을까?
교회에 확진자가 생기면, 스스로 문을 닫게 하면 되는데.

---

\*     HTTPS://COVIDTRACKING.COM/RACE

활발한 경제를 복구하려면, 먼저 방역에 힘쓰고, 기관마다
보건담당 책임자를 임명해서 사람들의 안전부터 챙기자.
사기를 북돋우고 불안을 덜고 우울증을 없애도록 돕자.

경제를 부양하려면, 시장과 왕래를 재개해야 하고,
국내외 보급망이 잘 유지되도록 보강해야 하며,
학교, 가게, 경기장이 조속히 다시 열려야 한다.

병의 악화에 대비해 산소호흡기 있는 중환자실을
증설하고, 인공지능을 활용해서 좋은 약품과
백신의 개발기간을 단축해야 한다. 철저한 방역 속에.

면역 증서를 발행해서 여행을 할 수 있게 하면 어떨까?
산업인이나, 학생, 과학자, 정치인이 이 지구의 어디로나
지체하지 않고 불편 없이 마음대로 다닐 수 있게.

재택 근무 이외에도 난국을 헤쳐 나가는 데 도움이
될 것을 개발하자. 인류는 틀림없이 지금 같은 난장판을
다스릴 수 있을 것이다. 감사할 줄 아는 최고의 생물이니.

# 아침마다 삼십 분간 명상을 하자

아침마다 삼십 분을 명상을 하자.
저녁까지 무엇을 해야 할 것인가?
지금까지 무엇을 해왔는가?
행복하고 충분히 재미있었는가?

끔찍한 일이 일어날 것이라고 걱정만 하지 마라.
누구나 육체적으로나 정신적으로 고장이 난다.
깊이 생각을 하면서 고통을 달래어 보자.
잠시 모면하려고 진통제를 들지는 말고.

요즈음에는 세 사람 가운데 하나가 암에 걸린다.
날마다 성실하게 기도를 하면 살아남을 수 있다.
몸에 이로운 영양분을 들고 운동을 규칙적으로 해라.
하느님은 성실하게 기도하는 사람을 구제하신다.

아침마다 30분간 깊은 생각에 빠져보자.
후회하거나 슬픔에 잠겨 괴로워하지는 말자.

# 치매痴呆

거의 5,000만 명이 치매를 앓고 있다.

세계적으로 매년 1,000만 명이 늘면서.

치매는 불치병인데, 알츠하이머와 혈인성血因性 치매,

그리고 몸을 떠는 파킨슨Parkinson씨 병 들이 있다.


2017년에 한국은 급속히 노령화 사회로 진입했다.

65세 이상의 노인이 전체 인구의 14퍼센트에 이르고,

출생률이 계속해서 줄어들었다. 치매認知症가

이 늙은 나라의 최대 관심사가 되었다.


아직은 치매의 직접 원인을 알지 못하지만,

연구에 의하면 단백질이 두뇌에 쌓여 신경세포의

활동을 억제하여, 사물을 알아보는 인지력認知力을

저하시키기 때문이라고 밝혀지고 있다.


전문의는 치매를 조기에 발견해야 한다고 권하지만,

이 병의 종류와 진도를 알아내기는 쉽지 않다.

의료상담이나 혈액 검사와 함께 비용이 많이 드는

신경계와 신경심리계 검사를 필요로 할 경우도 있다.

인공지능이 적시에 치매진단과 치료제공을
할 수 있게 의료진에게 큰 도움을 줄 것이다.

# 임상시험

엘지 전자가 개발 중인 의료지원 기기를 15일간 시용하느라고,
새벽 5시 반에 일어나 체중과 체질 검사를 했다.
혈당치 측정을 위해 클래식 500의 의료실로 내려가서
새벽부터 애쓰는 간호사의 돌봄에 감사하면서 혈압도 재었다.

운동량과 심박수를 재려고 전자 팔찌를 차고서
아내와 나는 한 시간 반 동안 복도를 걸었다.
애당초에는 60년간 폭소를 터뜨리며 동거
동락해 온 것을 기리려 햇빛을 쐬며 외출하기를 원했다.

무서운 돌림병으로 클래식 500에서 나가지 못하게 되었지만,
의료담당자가 의료지원 기기를 주고 스마트 폰으로
칠천 보를 걸었다고 알리고, 우수한 복지 확보를 위한
처방과 식단을 추천해 오니 기분이 무척 좋았다.

조금만 더 개선하면 참으로 훌륭한 임상시험을 한 셈이다.
이 의료지원 시스템을 써서 건강상태 점검이 되니 좋았다.

# 암 치유

요즈음엔 아는 사람 셋 중 하나가 암으로 고생한다.
의사들 말로는 조만간 둘 중 하나가 걸리게 된단다.
누구나 하루에 1,000개의 암세포가 자라고 있는데도
다행히 신체 속의 면역 시스템이 모두 없애 준다고 한다.

모든 만성병이 다 그렇지만, 환자는 끈기 있게
약물치료, 방사선 요법, 수술을 통해 암을 다루어야 한다.
악질 종양이 커지거나 퍼지지 않도록 하려면
온갖 잘못된 의견을 물리칠 강한 의지력이 있어야 한다.

암을 이겨낼 수 있다고 믿고 적정한 영양을 보충하고
마음을 다스리며 유산소 운동을 실천해 나가야 한다.
효과 있는 요법을 실시하면 종양이 작아지도록 만들 수 있다.
낙천적인 사고와 음악 연주로 기분 전환에 도움을 주자.

# 치매 센터에 권하는 인공지능 활용 사업

## 1. 요약

다 알고 있듯이 물리학자 호킹 박사Stephen awking와

SpaceX의 머스크Elon Musk 대표가 걱정을 토로했다.

"인공지능이 인류 멸망을 초래할 것이다"라고.* 그런 일이 있은

뒤, 인공지능에 대하여 심각하게 생각하는 지도자들이 많아졌다.

그러나 MIT 온라인 강습에 참가해보고, 인공지능에 의하여

인간과 기계가 협업하는 일이 크게 촉진될 것을 알게 되었다.

인공지능은 전혀 공포 대상이 아니니, 두려워할 필요가 없다.

인공지능은 창의적인 인간과 생산적인 기계가 힘을 합하여

복잡하고 힘든 일을 해결하는 과학이자 기술이다. 인공지능은

머신 러닝machine learning과 자연 언어 처리natural language processing 및

로봇공학robotics으로 구성된다.

이 모두를 완벽하게 사용하려면, 많은 자원이 필요하다.

한국의 문재인 대통령이 치매를 국가가 책임져야 한다고

공약하면서, 각종 법률 제도와 예산, 시설, 및 인적자원이

마련되었다. 거기에 인공지능을 추가해야 할 것으로 생각된다.

---

\*     https://www.bbc.com/news/technology-30290540.

## 2. 조직 개편

맥킨제이McKinsey는 인간과 인공지능 간의 빈틈을 채우기 위해 기술자를 기를 연구조직을 만들기를 권하고 있다.[*] 인공지능으로 기업 목표를 달성하려면, 파괴적 혁신 활동을 할 수 있게 인공지능을 활용할 수 있도록 직원들을 교육해야 하기 때문이다. 인공지능이 큰일을 하리라고 생각하는 사람은 아직 많지 않다. 주저하는 임직원이 분석 기법을 알게 하려면 겟스마터GetSmarter 같은 감독 시스템이 큰 도움을 줄 것이다. 모두가 인공지능을 활용하여 각자의 목표를 해 내는 법을 터득해야 하기 때문이다. 치매를 잘 다루려면 다섯 개의 다른 조직을 접촉해야 한다. 치매 환자 협회, 치매지원센터, 치매 병원, 관련 사업체, 그리고 보건 복지부의 다섯 기관이다. 기관마다 목소리를 달리하고 해야 할 일에 대한 의견이 다를 수 있다.

본 사업에서는 환자와 간병인, 의사, 지원 조직을 돕도록 다섯 가지 일을 추진할 것을 제안한다.

---

[*] https://www.mckinsey.com/business-functions/mckinsey-analytics/our-insights/the-analytics-academy-bridging-the-gap-between-human-and-artificial-intelligence?cid=other-eml-alt-mcq-mck&hlkid=6bcc5cf574aa4bab89ba75570aedf08a&hctky=1394418&hdpid=f212a5cc-8406-4318-9a61-d61019d859ac

## 3. 서비스의 개시:

챗봇을 쓰면 직원들의 수고를 덜면서 고객 서비스가 좋아진다.
음성인식과 기계번역을 써서 환자의 의료 데이터베이스를
만드는 일에도 도움을 준다. 치매 진단을 위해 간호사가 환자를
방문하는 시간과 비용이 줄게 된다. 환자의 자료를 스마트폰으로
쉽게 확보할 수 있게 된다. 의사와 간호사가 환자가 쉽게 대답할
수 있도록 질문서를 개발하게 되는데, 인공지능 기술자와
데이터분석 담당이 도움을 제공하게 된다.

언어인식 시스템을 써서 환자의 기분을 분석하고 환자나
직원들의 요청을 실시간으로 응답하여 시간과 비용을 줄일
수 있게 한다. 그런 서비스는 환자의 만족도를 높이고 기관의
수익을 증가시켜 준다. 이런 시스템을 쉽게 개발할 수 있게 하는
플랫폼을 제공하는 곳이 많으니 기술진과 콜센터 책임자가
상의해서 선택하면 된다.

기계번역Machine Translation을 써서 외국인과의 통화를 전화로 할 수
있게 해서 챗봇을 통해 외국인과 정보와 경험을 공유할 수 있게
하는 것도 큰 도움이 된다. 그러나 기계번역의 정확도는 80%
전후가 되니 번역 내용이 맞는지 챙겨서 고쳐야 한다.

## 4. 머신 러닝으로 작성하는 데이터베이스

좋은 효과를 기대하려면 비교 분석과 선진 예측 기법이
필요하다. 의사를 비롯한 의료진은 환자의 데이터가 갖는 의미를
찾아내어, 일정한 기준으로 분류해서 인공지능 기술자나 분석
담당자가 그런 데이터베이스를 구축할 수 있도록 쉽게 검색할
수 있는 표지標識를 붙여야 한다. 권장할 만한 치료법과 환자
취급 방식에 대하여 분석하여 효과와 부작용에 대한 검토를
해야 한다. 현재까지는 의사들이 각자 개별적으로 원인과
치료법을 연구해 왔는데, 참여하는 환자가 많을수록 정확성과
효능을 기대할 수 있게 될 것이다. 값비싼 X-rays, MRI CT,
PET 같은 자료로 연구를 계속하게 충분히 예산 뒷받침을 해야
한다. 몬테카를로Monte Carlo Method와 회귀 모델 같은 딥 러닝deep
learning 도구도 필요에 따라 쓰게 된다. 구글이나 아마존 같은 데서
제공하는 머신 러닝 도구 가운데 알맞은 것을 골라 사용한다.
비용 절감을 위해 클라우드 컴퓨팅과 5세대 통신망을 쓴다.
그렇게 하면 머신 러닝 시스템을 개발해서 한국 치매지원센터와
병원이 환자의 만족과 위험 관리 목표를 달성할 수 있게 될
것이다. 만족도를 표현하는 환자의 수나 정상적인 생활로
복귀하는 환자의 수로 그 성과를 측정할 수 있게 될 것이다.

## 5. 자연언어처리

머신 러닝 시스템을 쉽게 가동시키려면, 자료의 입력 자동화가 필요하다. 입력자료는 환자의 신상정보나 의료 기록과 치매 증상에 대한 정보인데, 대부분이 챗봇과 전자의료기록을 통해 확보할 수 있게 된다. 화상이나 영상을 읽고 문서 정보로 전환하는 데에는 포켓비전PocketVision같은 OCR이 쓸모가 있다. 파스트MRI 같은 도구를 써서 X-선, MRI/CT, PET의 영상을 처리할 수 있다. 칩을 몸에 심어 신분확인이나 환자의 심신 상태를 측정해서 스마트폰에 전달하게 할 수도 있다.

## 6. 로봇

세 가지 종류의 로봇이 가장 추천할 만하다. 하나는 인간을 위험하거나 더러운 작업에서 해방시키는 로봇이다. 두 번째는 환자를 직접 거들어 주는 로봇이다. 마지막 하나는 경쟁자를 이길 수 있는 수준의 비용 절감형 로봇이다. 본부에 배치된 인공지능 부서의 도움을 받으며 치매지원센터에 관련된 사람들이 선별해서 활용하면 좋다. 치매지원센터나 병원에서 환자는 각자 필요로 하는 일이 다를 수 있다.

한국의 벤처기업이 개발한 스마트 비데는 세계에서도 유례가
없다. 환자가 힘들게 운동하는 것을 도우려고 지원센터에서 코치
로봇을 쓰는데, 환자의 스트레스를 달래려고 로봇이 응원한다.
드론이 약이나 음식과 일용품을 지체없이 배달해준다.
로봇 클라우드 구조를 사용하면 전용 서비스를 받을 로봇을
소유할 때 생기는 비용을 절감할 수 있다. 루 게릭Lu Gerick병으로
고생하던 호킹Hawking 박사의 의자처럼 텔레파시나 뇌파로
조종하는 로봇을 개발할 수 있다.


## 7. 임직원의 훈련

모든 조직원은 임원에서 실무자에 이르기까지 인공지능의
가치와 효과에 대해 알아보고 각자 담당하는 부문에서
인공지능을 적용하여 업무내용과 작업환경을 바꾸어 나갈
방도에 대한 훈련을 받아야 한다. 그러면 그 조직은 인공지능
중심의 기업으로 변할 수 있게 된다.
이런 훈련을 맡는 부서가 치매지원센터나 병원에 있어야
성공할 수 있게 된다. 이 부서의 직원들은 인공지능 기술자나
데이터분석 담당자로 몇 명 되지 않아도 인공지능을 적용하여

원가 절감과 효과 극대화를 기대할 수 있는 업무를 맡은 사람들을 훈련한다.

지금까지 한국의 학교와 여러 기관에서 기술자와 자료 분석 담당자를 길러왔지만, 급격하게 증가되는 수요를 만족시키지 못하고 있다. 이 문제를 빨리 해결하려면, 각 기관에서 일할 숙련된 기술자를 외부에서 채용해야 하겠다. 이 기술자들이 그 기관에서 해야 할 일이나 시스템을 검토해서 정하고 도구를 채택하고 협력업체를 선정하여 앞으로 개발한 일의 내용과 시스템 개발을 돕게 된다. 또한 그 조직의 임직원을 훈련하여 인공지능을 쓸 업무를 정하고 그 기관이 추구하는 목표를 달성할 수 있게 지원한다.

## 8. 겟마스터GetMaster나 ERP, BI 시스템의 활용

인간과 기계의 협업을 잘 감독하는 것이 사업의 성공 비결이 된다. 각자 맡은 일을 잘 하도록 만들면서 필요할 때마다 도움을 제공하고 격려를 해야 한다. 예산 통제와 자원 분배, 품질 보안 관리도 필수적이다. 중앙에서 인공지능 기술자가 적절한 시스템을 평가하여 경영진의 사업 추진 허가를 받게

한다. 경영정보 시스템의 첫머리에 경영진이 성과를 알기 쉽게
그래프와 도표로 표시하도록 하면 좋다.

인공지능 시대에는 인간이나 지능형 기계가 혼자서는 성공하지
못한다. 인간은 일반적인 지능general intelligence을 잘 발휘하는데,
기계는 협의의 지능narrow intelligence을 잘 처리한다.

인간이 인간과 기계의 협업에서 일어날 일에 주동이 되고 책임을
져야 한다는 것을 알아야 한다. 그래서 조직원 모두가 인공지능
주도의 대혁신 작업에 적극적으로 참여해야 한다.

치매지원센터에 "인공지능 종합 대책"을 널리 알려야 할 것이다.
이 대책에 함께 추진할 비전과 가치, 인간과 기계가 지켜야 할
윤리, 추진 조직, 적용할 보안 지침, 육성해야 할 기술, 교육과
협업상태를 감독할 시스템 등에 대하여 명백히 기술해야 한다.
정부와 국회에 요청하여 법령의 개정도 필요에 따라 추진해야
한다. 특히 의료히문이나 제약회사가 공공이익 증대 목적으로
환자의 의료기록을 검색하여 활용하는 제도가 마련되어야 한다.
대통령과 보건사회부 장관은 이런 치매지원센터의 활동을
챙기면서 격려와 지원을 해야 한다.

## 9. 맺는 말

컴퓨터의 발전은 그칠 줄 모르고 진행되고 있다.

아이비엠IBM 이나 구글Google 같은 세계적 정보산업 업체의

과학자나 기술자는 양자컴퓨팅에 대한 연구와 개발을 하면서

최신 슈퍼컴퓨터 서미트Summit보다 연산속도가 300만 배 이상

빠른 양자 컴퓨터가 몇 년 이내에 상용으로 시장에

나올 것이라고 했다. 이 보고서에 제시된 계획을 추진하는

일에 투자하게 되면 치매라는 불치병을 치유할 방안을

찾을 수 있게 될 것이다. 치매지원센터의 일이 잘 되면,

이 방법을 다른 병의 치료기관에도 확대 적용하여

한국 복지사회 건설에 큰 도움을 줄 수 있을 것이다.

# 인내심 忍耐心

**초판 1쇄 발행일** 2022년 01월 07일

**지은이** 김영태
**펴낸이** 박영희
**편집** 박은지
**디자인** 어진이
**마케팅** 김유미
**인쇄·제본** 주손 DNP
**펴낸곳** 도서출판 어문학사
　　　서울특별시 도봉구 해등로 357 나너울카운티 1층
　　　대표전화: 02-998-0094/편집부1: 02-998-2267, 편집부2: 02-998-2269
　　　홈페이지: www.amhbook.com
　　　트위터: @with_amhbook
　　　페이스북: www.facebook.com/amhbook
　　　블로그: 네이버 http://blog.naver.com/amhbook
　　　　　　　다음 http://blog.daum.net/amhbook
　　　e-mail: am@amhbook.com
　　　등록: 2004년 7월 26일 제2009-2호

**ISBN** 978-89-6184-986-9(03810)
**정가** 12,000원

※잘못 만들어진 책은 교환해 드립니다.